LUIS CERNUDA

TRES NARRACIONES

SERIE
MAYOR

17

LUIS CERNUDA

Tres narraciones

SEIX BARRAL

BARCELONA

Primera edición: 1958
(Buenos Aires: Ediciones Imán)

Primera edición
en Biblioteca Breve de Bolsillo: febrero de 1974

© 1973 by Ángel M. Yanguas Cernuda

Derechos exclusivos de edición de bolsillo
reservados para todos los países de habla española:
© 1973 by Editorial Seix Barral, S. A.,
Provenza, 219 - Barcelona

ISBN 84 322 3817 1
Depósito legal: B. 4465 - 1974

Printed in Spain

El viento en la colina

[1938]

I

COMO EL PÁJARO DUERME, la cabeza entre sus plumas, así estaba el pueblo oculto bajo el ala gris de la colina. Pero en ese recogimiento no había sueño, sino miedo. Nadie subía desde el pueblo hasta aquella cima, atravesando el estrecho sendero de la ladera. Las casas, las tapias de los huertos secos, sobre las que alguna higuera asomaba sus muñones tardíos en reverdecer, se abrían todas camino de los llanos, aunque por algún ventanillo pareciesen atisbar hacia la colina. Sólo la torre de la iglesia oteaba aquella altura solitaria, y cuando el viento, viniendo de allá lejos, agitaba la campana cascada, un mensaje de amistad iba desde la entraña agreste al pueblo soterrado, llenándolo de perfume y de misterio.

«Ya está otra vez el viento en la colina», decían las gentes al escuchar, sobre sus cabezas agrupadas en torno del hogar, un leve rumor por el tejado, como si en un nido al abrigo de la chimenea se resolvieran palomas soñolientas.

Mas cuando el viento, encrespada su furia, arrancando de golpe las tejas, tras de chocar contra una ventana mal segura y batir los postigos, atravesaba la casa con estrépito de cristales, las mujeres comenzaban a santiguarse. Pausadas y temerosas iban hacia la ventana abierta, no sin luchar con el viento, que esculpía sus cuerpos a pesar de los refajos, como si estuvieran en la proa de un barco; y luego de asegurar los postigos con aldabas y cerrojos, recogían los vidrios rotos, encendiendo una vela ante una santa imagen, mientras rezaban, entrecortado el aliento. «Haz que vuelva el viento a la colina».

Allí estaba la guarida del huracán; por eso la temían y la odiaban. Los hombres daban largos rodeos para no cruzarla cuando iban por leña al pinar. Los niños soñaban con ella, y se agitaban en sus camas a la madrugada, perseguidos por un lebrel verde que aullaba bajo la fría luz de la luna.

La colina en tanto, detrás del pueblo, escalaba el cielo con sus laderas sembradas de hinojo y retama, hasta allá donde un inmenso pino solitario se erguía junto a una muralla ruinosa, coronando su cima virgen. Desde ella, al amanecer en los meses de verano, se veía brotar por el cielo oscuro un fulgor rojizo, como el cáliz de una rosa, que luego iba empalideciendo por los bordes. Las estrellas brillaban todavía, trasparentes en aquel fondo luminoso, tal gotas de agua sobre la piel de una muchacha dormida. Lejos comenzaba a oírse un fresco tintineo de esquilas, y un estremecimiento agitaba la hierba oscura. El cielo, mientras, se había tornado de un azul encendido.

En los atardeceres de otoño, en cambio, todo estaba silencioso. El cielo era gris, y alguna nube en el horizonte, orlándose de luz amarilla, tamizaba ese resplandor sobre la tierra mojada. De vez en vez caían entre la hierba, con un ruido breve y apagado, las bayas de los árboles. Los cristales de una ventana distante brillaban un momento, con un destello que pronto se extinguía. Como si todo fuera disolviéndose en la paz de la hora, un vapor denso, húmedo y frío, borraba lentamente las cosas.

2

Cuando Albanio llegó al pueblo hubo un movimiento común de curiosidad. Pasaba por las calles y las gentes salían a las puertas para verle, sin cuidarse de aparentar otros motivos de interés; y le miraban cara a cara, no a hurtadillas y ladeando la cabeza hacia el cielo con aire de escrutar el tiempo, tal en un pueblo mayor hubieran hecho.

Al saberse que vivía en el Palacio, como llamaban la casa señorial de ancha huerta que estaba en la plaza, al lado de la iglesia, la curiosidad se calmó. Pero fue para despertarse más allá; pues ¿qué hacía en esa casa si no era el amo? Aquí la curiosidad fue difícil de satisfacer y comenzaron las suposiciones. Poco halagüeñas debieron ser éstas para Albanio, porque a nadie extrañó verle un día enderezar los pasos camino de la colina. Lo que en alguien del pueblo hubiera parecido casi un delito, en él se tomó como consecuencia natural de su extraña situación. Hasta se escapó de algunos pechos un suspiro de alivio, tal sucede a quienes tras larga cavilación saben ya a qué atenerse en una conjetura difícil.

Esta absolución condicional que el pueblo le otorgó, no supo Albanio aprovecharla. Persistió en su silencio y retraimiento; convirtió la colina en lugar habitual de sus paseos, escalándola de mañana al trote largo de su caballo, o ascendiendo por ella a pie lentamente al atardecer; sin ocuparse de los vecinos todos más que de aquellas bolas de piedra, remate del puentecillo sobre el arroyo, allá a la entrada de la alameda vecinal.

Envuelto entonces en la común execración que el pueblo profesaba a la colina, las madres llegaron a temer por sus hijos cuando le veían cruzar en medio de ellos, mientras se revolcaban en el polvo de la calle o se zurraban unos a otros, rojas las mejillas y brillantes los ojos de odio temprano. Y unas buscaban a hurtadillas sus retoños y otras los llamaban descaradamente a grandes voces, como si en Albanio vieran encarnada la presencia odiosa del viento.

Mas el viento mismo nada dijo al aparecer aquel intruso en sus dominios. Quieto como un perro receloso, lo contempló largo rato desde lejos; fue luego aproximándose, y le cercó con unas vueltas impacientes. Ante la indiferencia del desconocido, cambiando su espera en mal humor, se revolvió furioso, aullando y levantando sus torbellinos como si quisiera arrojarle de la colina. Albanio, sin hacer caso, se apoyó pensativo contra el tronco del pino centenario, de espaldas al viento, mientras su abrigo, que llevaba sobre los hombros, alzado en las bruscas acometidas, flotaba como bandera de la tormenta.

Poco a poco el viento fue sintiéndose dominado por aquella silenciosa compañía. Estaba tan acostumbrado al odio de las gentes que tomó por amistad la indiferencia de Albanio. Otra vez tranquilo, se le acercó más y más, hasta que acabó por tenderse a sus pies, apoyando largamente la cabeza en las manos del extranjero, agradecido ante la presencia de un amo que era al mismo tiempo un amigo. Cuando se quedó dormido a los pies de Albanio, vencido y feliz, su aliento era tan suave que apenas temblaban las hojas. La colina ya tenía otro dueño.

3

Creía el viento que Albanio, como él, estaba solo, y lo mismo pensaba la gente del pueblo. Pero no era así. En aquella casa grande de la plaza vivía también Isabela; como nunca salía a la calle, no se supo que el Palacio tuviera otro huésped.

Algunas mañanas, cuando hacía sol, mientras Albanio iba a caballo por el campo, paseaba ella por la huerta abandonada. Un jardinero de la ciudad la cuidó años atrás, y sus viejas manos, expertas en acariciar raíces y pétalos, intentaron trazar un jardín cortesano entre aquellas tapias rudas que en primavera se adornaban de campanillas azules. Aún quedaba allí la menuda pradera sembrada de rosales, y la fuente, donde un surtidor, saltando sobre la taza, se vertía luego por cuatro chorros finos. Bajo el haz del agua pasaba a veces el fulgor escarlata de un pez; luego la oscura superficie volvía a cerrarse, reflejando el cielo, quieta como un espejo de verdoso azogue.

Isabela, con lentos pasos, iba hasta el banco de piedra que había junto al ciprés, y allí se sentaba. La tierra de los senderos, húmeda con las lluvias recientes, exhalaba un olor denso que despertaba en ella recuerdos de otoños lejanos. Pero el grito rápido de un pájaro abría sobre el cielo de su sueño otro más real y luminoso. Entonces sacaba de su bolsillo unas tijeras, y cortando las rosas, algo pálidas ya, porque eran las últimas de la estación, volvía con ellas en las manos hacia la casa.

Desde el umbral tornaba un momento la cabeza y paseaba otra vez la mirada por el jardín, como si hubiera olvidado algo. Siempre hallaba un detalle inadvertido antes o añadido por el azar mientras ella estaba distraída: ya las hojas secas, caídas como una mancha de oro triste sobre el verde mojado del césped; ya el resplandor de oro vivo que el sol ponía sobre el agua de la fuente. Mas ese resplandor no se estaba quieto, sino que, desplazado poco a poco, subía por la tapia y alegraba la enredadera mustia, haciendo que algún lagarto saliera de su escondrijo atraído por la tibieza del día.

Isabela, comprendiendo lo vano de su esfuerzo por fijar un momento vivo de las cosas, entraba en la casa. Cuando Albanio volvía, hallaba aquellas rosas en un vaso de cristal, sobre la mesa del salón; tomaba una, aspiraba su aroma lánguido, y colocándola de nuevo entre las otras miraba a Isabela con una sonrisa.

Les envolvía una felicidad tácita, hecha de silencio y de misterio. Vivían así, día tras día, extáticos uno en el otro, como por un sueño. Un ruido lejano, la campana de la iglesia sonando al mediodía, la voz del pregonero y el redoble de su tambor, los sobresaltaba como una advertencia súbita. El declinar del día, que seguían atentos, sentados juntos en el sofá, tenía para ellos el encanto de una cosa conocida que nunca reviste igual apariencia. Cuando entraba por los cristales del balcón el fulgor rojizo del atardecer, pensaban haber visto antes aquella luz; como ocurre con un amigo abandonado hace años y que al hallarlo después parece a un tiempo familiar y desconocido. Pronto recordaban que aquel resplandor aterciopelado y tibio era el mismo que el día anterior y a la misma hora les envolvió un momento, lívido y amarillento, al surgir tras una nube de lluvia el sol poniente.

Nada los separaba. Su soledad protegía, como un vidrio trasparente en un relicario, el frágil milagro de su amor. Ni siquiera los recuerdos se interponían entre ellos, porque el amor había borrado sus recuerdos y vivían reencarnados en nuevos cuerpos, olvidados de su existencia anterior.

4

Al mismo tiempo que el viento adivinaba una presencia extraña al lado de Albanio, sintió Isabela un día ahondarse en torno suyo la soledad durante los paseos de su amante. Pero aún brillaban los ojos de ambos al reunirse tras esas breves separaciones. Eran días felices y los gozaban sin preocupación ni remordimiento. Vivían para ellos; tiempo tendrían de arrepentirse y contar con los demás. Entretanto sólo les ocupaba su amor, el dulce trabajo de su amor; y sus pensamientos eran lisos y brillantes como un cielo despejado.

Despertaban temprano. ¿Quién dice que las noches de amor hacen perezosos a los amantes cuando llega la mañana? Ella tendía fuera del embozo su brazo desnudo, pero un escalofrío la obligaba a volverlo dentro del tibio nido. Él fingía dormir, mirándola con los ojos entornados, por la rendija de luz que se filtraba entre las pestañas; y su mirada era de tranquilo deseo. Isabela sentía esa atención despierta y reprimía una sonrisa, mientras alisaba con una mano el gracioso desaliño nocturno, ladeando la cabeza sobre el cuello esbelto, con la gracia de una rama que se inclina al peso de la flor.

Así permanecían suspendidos entre el sueño y la vida, hasta que él, aun sintiendo tanto frío como ella, dejaba la cama de un salto. Isabela le oía en la habitación de al lado frotarse el pecho con agua fría, levantando un rumor claro y goteante sobre la porcelana y el cristal. Algunas veces también oía su voz cálida e inhábil, cantando los versos de una vieja canción, siempre la misma, como un pájaro que sólo tiene una nota en su garganta, y la repite en sus horas de gozo. Ella, al fin, entre perezosa e impaciente, dejaba la cama; y todo su temor al frío desaparecía al ver sobre el cuerpo moreno de él, sobre sus hombros y sus piernas desnudas, correr las gotas de agua.

Estaban solos en la casa. No querían criados en torno suyo; caras indiferentes o curiosas que turbaran la pura expansión de su dicha. Un matrimonio viejo que guardaba la casa y vivía al fondo de ella, como ratas en una cueva, junto a la puerta falsa de la calleja, les bastaba. Pero casi nunca los veían y nunca los llamaban. El temblor de unas baldosas mal seguras anunciaba la llegada de alguno de los viejos; raramente aparecían juntos, como si quisieran hacer así menos dura su intromisión. Hablaban poco y luego desaparecían sin ruido. Cuando a la mañana entraban en el salón Albanio e Isabela, hallando el pan y las frutas que los viejos trajeron mientras ellos dormían, les parecía ser como los eremitas de la leyenda dorada, a quienes los cuervos alimentan en el desierto.

Luego, con la tibia caricia de la lana ligera sobre el cuerpo endurecido por el agua fría, encendían la chimenea del salón, y sentados en el suelo partían el pan de pueblo, oscuro, oloroso y sabroso, mientras la tetera sobre las brasas hervía con un gruñido de animal satisfecho. No podían pensar que el mundo fuera otra cosa sino ellos dos y aquellas claras paredes; a lo más se extendía hasta las ramas que tras de los cristales blancos de escarcha se agitaban al viento, dirigiéndoles una salutación matinal.

No sentían otro deseo que ese callado estar del uno junto al otro, las manos en las manos, no bastando sus ojos para convencerles de la mutua presencia. Juntos así charlaban quedamente; ella tendida en el ancho sofá de seda marchita, él sentado sobre la alfombra. Otras veces estaban callados, sin mirarse, fijos los ojos en el cielo nuboso y triste, para luego, volviendo de nuevo la cabeza el uno hacia el otro, sonreírse sin motivo. Otras, en fin, él hablaba y ella escuchaba.

Inventaba historias, buscaba recuerdos de cuando, no conociendo a Isabela, la estaba esperando, como si en cierto momento de la vida hubiera una cita infalible de los dos, y sus palabras eran confiadas, sin que calculasen el efecto sobre el ánimo de ella. Pero nunca habló de la colina ni del viento que la habitaba, aunque ciertos días le oyera dolerse afuera y llamar con la insistencia de un mendigo en los cristales del balcón, mientras él, vuelto de espaldas, hablaba tranquilo, aparentando no conocer aquella voz. Así rehuía también, al hablar con Isabela, las alusiones a otros amores. Es verdad que éste era, casi, su primer amor.

«Nunca deseé—dijo a Isabela una vez—vivir de nuevo días ya pasados. Hoy sí quisiera volver a aquél primero en que te conocí».

Ella le besó sonriendo, como a un amante y como a un niño.

5

Ahora, cuando se separaban, Isabela sentía una decepción. Albanio en cambio, alegre porque llevaba su dicha consigo a cualquier lugar adonde fuera, iba a respirar el aire libre del campo. «Ya va el loco otra vez a la colina», decían las gentes al verle pasar las calles aprisa, un poco intimidado, porque no se acostumbraba a la atmósfera neutra del pueblo, entre la tibieza de la casa y la soledad del viento en la cima. No se asomaban caras curiosas a su paso, porque Albanio, al regular sus idas y venidas, se había convertido para ellos en un hecho cotidiano, aunque anómalo en sí; tal el paso del autobús de línea a las siete de la mañana, una vez olvidado lo excepcional de su primera aparición.

El viento también se sentía decepcionado, y pensaba: «No valía la pena de elegir un amigo, tras de tantos años de soledad, para compartirlo con nadie». Trataba entonces de mostrarse huraño y desapacible cuando Albanio llegaba a la colina; se alejaba de él, daba cortas carreras por las laderas; pero sin saber cómo siempre acababa por echarse de nuevo junto al pino viejo de la cima. Allí estaba Albanio, apoyado en el tronco resinoso, tranquilo y pensativo. El viento, adormecido a sus pies, lo miraba largamente. «¿Dónde has estado?», sentía deseos de preguntarle, con celosa inquietud. Pero nada decía, o si decía algo era con voz que Albanio no comprendía.

Uno y otro dejaban así pasar el tiempo; el hombre bajo la copa ancha y sonora del árbol, y el viento a su lado, acariciándole con suaves embestidas, yendo por su pelo, por su frente, por sus labios, con la insistencia de un amante celoso que perdona. De pronto al viento le sobresaltaba el aguijón de los celos; algo extraño, un aroma, la huella de otro cariño, hallada entre sus propias caricias, despertaba su indómito impulso. Entonces se ponía en pie, y con odio y violencia corría por la colina abajo, hasta llegar al pueblo, vengando allí su despecho contra las casas hostiles.

Torcía arbolillos, rompía fuertes ramas, desmoronaba las bardas de los corrales y hendía puertas carcomidas. Un temblor medroso de cristales le seguía como un eco, y un bisbiseo de rezos apresurados. Cuando llegaba al Palacio, su furia iba ya de vencida; y entonces se paraba ante los muros, tratando de ver por el balcón de la huerta quién habitaba allí. Las notas leves de un piano llegaban hasta él, pero su propio hervor e impaciencia le impedían estarse quieto, escuchando boquiabierto lo mismo que un niño curioso. De pronto, en otra arrancada brusca, subía de nuevo a la colina, calmado ya su arrebato celoso; y llegaba jadeante al lado de Albanio, en un torbellino, cubriéndole de hojas secas y gotas de lluvia.

Albanio apenas si le hacía caso; no había notado su ausencia. Quieto en el mismo lugar contemplaba el pueblo, la llanura, que al pie de la colina se extendía con serenidad monótona e infinita. Nunca había visto Albanio el mundo tan hermoso; nunca había hallado en las cosas aquella profundidad, donde latía un eco gemelo al de su propio corazón. Pensaba que era su amor quien así realzaba las cosas, animándolas y levantándolas a su verdadero valor, no como objetos inertes vistos un día y otro de mala gana.

Ese mismo momento en que él pensaba cuán hermoso era el mundo, ella sentía en la casa, ya sin paliativo, el peso del aburrimiento. Fue una tarde, y estaba sola. Había intentado leer, pero pronto dejó el libro. Se acercó al piano, y antes de llevar sus manos al teclado, cosa extraña, tuvo miedo de turbar el silencio con la música. Por primera vez sentía la quietud excesiva de aquel ambiente. Salió al huerto. Bajo las rápidas nubes, apenas si quedaban algunas rosas mustias. Había crisantemos, pero ella los detestaba. ¿Quién habría tenido la ocurrencia de plantarlos allí? El banco de piedra estaba mojado

de lluvia. La fuente no corría y sobre el agua ver-
dinosa de la taza flotaban pétalos y hojas secas.

Sintió frío y volvió a la casa. Atravesó las galerías
largas y oscuras; todo estaba callado y polvoriento.
Veía la vejez, la caducidad impresa como un sello
sobre las cosas que la rodeaban. Hastiada, entró en
el salón y se sentó junto al fuego; al menos las llamas estaban vivas y se agitaban con un rumor de
vagas confidencias. Durante un rato quiso descifrar
aquellas voces; luego comenzó a pasear por el salón, pero halló estrecho el espacio, y acercándose
a los cristales miró afuera. Otra vez veía el huerto otoñal y el cielo nebuloso. Entonces deseó la
vuelta de Albanio; pero no era su amor quien lo
echaba de menos, sino un aburrimiento, para el
cual la compañía de un ser cualquiera era ya cosa
deseable.

Tomó un periódico (él los detestaba y no quería
ver uno a su alcance) y comenzó a leer los espec-
táculos de la capital.

6

Se marcharon al día siguiente. Albanio comprendió
que si las cosas le habían parecido tan hermosas
la tarde anterior era porque sin saberlo estaban ex-
presando su tránsito mortal; aunque, obstinado en
creer eternas la hermosura y la dicha, no se diese
cuenta entonces.

La casa quedó tan silenciosa como cuando ellos estaban; las habitaciones vacías, la chimenea apagada, los vasos sin flores. Cuando a mediodía quiso la luz entrar por el balcón como otras veces, halló cerrados los postigos. Los viejos al fondo de la casa, satisfechos de hallarse solos otra vez y sin huéspedes, siempre enojosos aunque molesten poco, se prepararon a resistir un invierno más, agarrados a su vida como los monos a los hierros de la jaula. Las gentes del pueblo nada apercibieron. Días después, al no ver ya a Albanio, dijeron con satisfacción maligna: «Menos mal que nadie sube ahora a la colina». El viento estaba otra vez solo, como el demonio arrojado del cielo.

Cuando Albanio se marchó el viento no lo supo. Toda la mañana estuvo esperándole en la colina. «Vendrá luego a la tarde», se dijo; y se echó en el suelo a dormir la siesta. Pero no estaba tranquilo, aunque aparentase calma. Se revolvía en las hojas, con un ruidillo nervioso y breve. De pie nuevamente, dio vueltas en torno a la colina, mirando el sendero que venía del pueblo y la llanura, por si Albanio aparecía a caballo después de un largo galope, como hacía algunas veces. El mediodía pasó y la tarde iba entrando en sombra. Albanio no aparecía. El viento intentó otra vez sacudir las ramas, pensando en otra cosa; pero no pudo. Dio una larga carrera hacia el pueblo, sin ira aún, sólo intranquilo, hasta el Palacio.

Era ya tarde y no se veía a nadie. Una niña harapienta pasó por la plaza con un canasto al brazo y se quedó abstraída mirando a una esquina, como si oyese llorar a alguien. Toda la noche anduvo el viento por el pueblo, cabizbajo, sin hacer más ruido que una bandada de pájaros tristes a la llegada del invierno. «¿Qué le pasa al viento esta noche?», se preguntaban en la cama las gentes, dando una vuelta al otro lado y subiendo bien el embozo, porque corría un gris fino.

Pero al amanecer su cólera despertó. Aún recuerdan en el pueblo el día aquel. Varios árboles cayeron junto al arroyo de la cañada; un ángel del pórtico de la iglesia, donde arrodillado al lado de la cruz presentaba una azucena, arrancado de su hornacina, vino al suelo, y la piedra se hizo pedazos. Puerta que el viento hallaba a su paso, se abría desencajada de sus goznes mohosos. Una choza que estaba al final del pueblo, junto al molino, fue derribada, arrastrando el agua de la presa cuanto en ella había, que no era mucho, por ser su dueño un pastor. El perrillo recién nacido que estaba durmiendo dentro, cayó al agua y se ahogó dando blandos ladridos que apenas se oían.

No hubo casa en que no se encendieran velas y se rezara para aplacar la furia del viento. Al atardecer, en la iglesia, comenzaron un trisagio en desagravio de los pecados del pueblo, implorando al cielo para que aplastara la furia del huracán y lo volviese a la colina. Las mujeres, arrodilladas sobre los esterones de esparto, cubiertas las cabezas con pañuelos de seda negra, no levantaban los ojos del suelo para mirar de reojo, como otras veces, al grupo de hombres en pie delante del coro, al fondo de la nave; ahora si los levantaban era para fijarlos en el altar. Allí, entre la fila de llamas trémulas, una virgen sonreía levemente bajo una gran corona de piedras falsas, sosteniendo en su brazo izquierdo un niño pensativo, cubierto de pesados bordados.

Algunos viejos, envueltos en largas capas oscuras, se agolpaban al pie del púlpito; eran los hermanos de la cofradía, los que llevaban las varas del palio en las procesiones. Sobre el pedestal del púlpito, el cura, con blanca sobrepelliz rizada, caladas las gafas, cuyo oro centelleaba a la luz de una vela, dirigía las oraciones con voz ronca, que ceceaba un tanto en las sílabas finales. Fuera el viento parecía calmarse poco a poco. De noche ya, sin fuerzas para subir hasta la cima de la colina, se tendió en la ladera y se durmió rendido de fatiga.

7

Pasaron días. Hubo otras bruscas cóleras del viento, pero cada vez eran más débiles y breves. Las gentes se acostumbraron a la calma; aunque por si acaso pusieron nuevos cerrojos en puertas y ventanas.

Cada día estaba el viento más tranquilo; ni los viejos recordaban haberle conocido así. Echado allá arriba, en su colina, pasaba las horas muertas sil-

bando vagas melodías o meciéndose, de la hierba
a la copa del pino, como un maniático. Ya no se
acordaba de Albanio; en el lugar de ese recuerdo,
que cada día iba reduciéndose más y dejando más
espacio libre en su memoria, entraba la paz de la
colina. Ahora le parecía al viento que la veía, si
no por primera vez, con ojos más claros.

Junto al tronco del pino, donde antes se recostaba
Albanio, miraba hacia arriba los trozos de cielo que
aparecían entre la verde trama de la copa; a mediodía hilillos de luz la llenaban de un oro verdoso y vivo, penetrando por los resquicios de las ramas. El aroma de la resina era más agudo; un mirlo
revoloteaba, tejiendo en torno del árbol centenario
una guirnalda con sus trinos rápidos y mojados. La
hierba al pie se cubría de menudas flores blancas
y azules. El viento era casi feliz.

Otras veces, sentado en la ladera junto a las matas
de romero y retama, contemplaba a lo lejos la llanura, donde los sembrados de color pardo, atorna-
solado desde el gris hasta el ocre, se extendían con
sedante monotonía, apenas turbada aquí o allá por
una delgada fila de chopos. Un camino se abría en
blandas curvas, como cinta de agua; sobre él iban
las menudas siluetas de un hombre y un borriquillo,
caminando despacio.

De la torre de la iglesia caían unas campanadas,
y al otro lado de la colina el eco jugaba con ellas
lo mismo que con una pelota, devolviéndolas claras
y apenas alteradas por un dejo burlón. Era medio-

día. Por las chimeneas de las casas salía un penacho de humo, ofrenda de trabajo y de paz que se elevaba al cielo. El viento también quería unirse a toda aquella tranquila actividad que veía en torno. Pero su ardor le abandonaba, y ya no corría desalentado como antes ladera abajo para derrochar de algún modo su fuerza juvenil. Ahora apenas llegaba con paso corto y cansado hasta los álamos del arroyo, para agitar, sin ganas casi, sus nuevas hojas verdes; como la desilusión hipócrita de los mayores hace con un niño que enseña su juguete nuevo.

Pasaron días, meses. Alguna vez, en lugar de las campanadas claras y rápidas que desde la torre solían llegar hasta la colina, sonaban otras espaciadas y sordas. Después se veía cruzar el pueblo un grupo de hombres vestidos de negro, llevando algo que no se sabía bien lo que fuese: una carga larga, negra, pesada. Seguían un instante el camino, como si se dirigiesen a la ciudad. «Van por donde se fue Albanio», pensaba el viento un instante. Pero pronto dejaban el camino, torciendo por un sendero hasta llegar a un cercado de tapias ruinosas, en cuyo dintel se alzaba una cruz de hierro. Entonces el viento veía entrar el cortejo, buscando sobre la hierba, hasta dejar la carga oscura que traían en un hoyo ya abierto. Echaban tierra encima, como con miedo de hacer daño a alguien que allí quedara, y luego alisaban cuidadosamente el suelo recién removido. Un momento quedaban quietos; después emprendían otra vez el camino, volviendo sobre sus pasos. Pero ahora andaban más aprisa.

Llegaban otra vez los fríos, y amanecía otra vez más tarde. La niebla matinal adormeciendo las cosas, todo se oía más distante, como si la colina flotara en el aire, lejos del pueblo y de la tierra. Tras de la ladera, hacia el norte, avanzaban rápidas las nubes oscuras henchidas de lluvia. El viento las seguía con mirada indiferente, echado en el suelo junto a su rincón predilecto de las murallas desmanteladas, donde quieto, apoyado en el muro, dejaba pasar las horas. Sobre él, más arriba, se abría el hueco de un ventanal por el que flotaban ramas de yedra, enredándose en una columnilla que nadie sabía cómo pudo subsistir allí, tan frágil y blanca, entre aquellas ruinas.

La tormenta en tanto avanzaba sobre la llanura, y el pastor recogía sus ovejas, guareciéndolas al cobijo de una choza. La luz se hacía más plomiza; vagos resplandores amarillos la teñían aquí o allá, sobre un sembrado oscuro, junto a la torre de la iglesia, con un fulgor espectral. Estallaba el trueno y las aguas se precipitaban, resbalando sobre el pino, sobre la hierba. Delgadas canales corrían por la ladera abajo, engrosando el caudal del arroyo, que hervía entonces espumoso entre las piedras de la orilla y pasaba con majestad, como rey por un arco triunfal, bajo el puentecillo de la alameda.

Luego otra vez la claridad se iba abriendo paso. Leves sonrisas rompían tras de las nubes, ya delgadas y trasparentes, y la lluvia amainaba su redoble duro y rápido, con una cadencia más ligera y como soñolienta. Señales de vida aparecían en el pueblo. Algunas gallinas miedosas se aventuraban fuera de un corral. Una puerta se abría y un brazo extendido asomaba, recogiendo en la palma de la mano unas gotas de lluvia fragantes y leves.

«Ya no llueve», gritaba alguien. Entonces, como a un conjuro, un rayo de sol doraba las hojas de los álamos blancos, traspasando de luz las gotas que quedaban suspendidas al borde de las ramas. Lejos, con un compás exacto y musical, un cuco alzaba su voz; y más lejos aún otro cuco, o el eco mismo, replicaba en concertados intervalos. La tarde caía y todo se hacía más recogido y misterioso.

Otras veces era el sol de invierno, breve y pálido, quien iluminaba las piedras musgosas de la colina. Algún pájaro cantaba, engañado por aquella luz densa y cálida del mediodía. Pero la primavera estaba lejos, y no había flores entre la hierba, aunque la retama y el romero esparcieran su aroma rudo y agreste.

Si no era día de fiesta subían desde el pueblo los ruidos del trabajo. Tintinear argentino y rítmico de la herrería, o el rumor rasposo y en dos tiempos que levantaba el cepillo del carpintero al pasar sobre las tablas de pino. Temprano, casi al amanecer, subía del horno el olor del pan, caliente y sabroso. Al atardecer era el canto mezclado de interjecciones y blasfemias de los arrieros que volvían al pueblo; o el paso más lento de las mulas que el labrador llevaba al establo, después de desuncirlas del arado con que durante el día abriera la entraña de la tierra oscura, antigua y familiar.

Pronto sonaba la oración en la torre de la iglesia. Las puertas se cerraban, pero aún se veían entre las rendijas hilos de luz dorada. Por algún corral un perro comenzaba a ladrar obstinadamente. Luego todo se hacía más silencioso. La oscuridad y el sueño caían sobre el pueblo.

El viento veía pasar la vida al lado suyo, tan cerca y tan lejos de él al mismo tiempo. Pero ya no intentaba penetrar en ella con uno de sus antiguos arrebatos salvajes, mostrando al pueblo, a las gentes de abajo, que también él era parte de la vida, como otra criatura cualquiera. Ya no intentaba mezclarse en aquella existencia monótona y enigmática de los hombres. Un sentimiento desconocido, mezcla de pereza e indiferencia, comenzó a regir sus días. Se abandonaba a ese sentimiento, y en él encontraba, si no la paz, la resignación.

Alguien diría que estaba envejeciendo, y acaso tuviera razón. Cuando ahora recordaba sus ímpetus de antes, una confusión avergonzada le hacía revolverse inquieto entre las hojas, y alejando aquel recuerdo importuno pensaba en otra cosa. Pero si venía a su memoria el pensamiento de Albanio, aquellos días de su amistad y servidumbre eran algo aparte; una huella indeleble había quedado en él, aunque no sintiese nostalgia de aquel tiempo, tampoco le dolía haberlo vivido.

8

Tampoco Albanio había olvidado aquellos días. En cierta ocasión, si fue deseo suyo o casualidad es cosa que no supo, tuvo que regresar al pueblo. Pero esta vez solo. Tampoco se alojó en el Palacio, sino en la fonda. Las gentes no le recordaban ya, ni él tampoco recordaba ninguna de las caras que veía. Buscó algunas personas; pero no las halló o no supo reconocerlas entre aquellos desconocidos que lo único que conservaban intacto era su asombro al verle.

Paseó por las calles. También el Palacio estaba desconocido. Habían montado en él una fábrica y la tapia del jardín se abría con ancho portalón por donde salían camionetas cargadas de cajas. Ya no había flores allí, ni césped; la fuente no se veía. Allá por un rincón aún colgaban sobre las bardas ramas de la vieja enredadera que abría al atardecer sus campanillas azules; pero estaban secas. Las muchachas del pueblo, con una flor en el pelo oscuro y zapatos de tacón alto, llenaban de voces y risas las viejas salas que ahora servían como taller.

Aún era demasiado grande la casa, y el nuevo dueño había alquilado parte del edificio a un círculo político recién instalado en el pueblo. Por una puerta especial entraban y salían a mediodía y al atardecer los socios, hablando a gritos, agitando los brazos. Debajo del balcón que caía frente a la iglesia, colgaba una flamante inscripción llena de colores y emblemas, y más arriba, entre los hierros de la baranda, estaba el asta vacía de una bandera.

Albanio rondaba las calles; a veces se paraba un momento. Cosa extraña: ahora sentía ganas de charlar con aquellas gentes que antes cruzaba sin mirarlas siquiera. Unos chicos que corrían y gritaban en la plaza se quedaron silenciosos al verle pasar; luego les oyó hablar y reír tras de él; un poco más allá comenzaron a gritar algo que él no entendió, y una piedrecilla le rozó un hombro.

Sintió deseo de subir a la colina y buscó el sendero por donde antes iba a caballo durante las mañanas. Dio vueltas sin hallarlo; como nadie transitaba por él, la hierba lo había cubierto y era difícil reconocerlo. Desistió de hallarle y empezó a subir la ladera por el sitio más llano. Cuando llegó a la cima se detuvo un momento; respiraba aprisa y se sentía fatigado. Buscó con la mirada; allí estaba el pino erguido, la muralla ruinosa, la hierba crecida y suave. Hacía sol y la copa del árbol se encendía con claros destellos; el aroma del romero parecía más fuerte que otras veces.

Avanzó y apoyando la mano en el tronco miró a la llanura. Todo era igual: los sembrados pardos de cambiante matiz, los chopos esparcidos junto al camino, los humos lentos de los hogares. Pero algo faltaba allí. Con ojos indiferentes y lejanos veía las cosas como un extraño: era un paisaje lo mismo que otro cualquiera; no hallaba en él aquella efusión particular que una mañana, hacía tiempo, halló. Esta vez ninguna oleada cordial unía aquellas cosas con su alma.

Como era tarde y quería marcharse al oscurecer, bajó al pueblo. Pero al bajar aún volvió la cabeza, no por ver la colina otra vez, sino porque algo le advertía que así debía hacerse; al fin aquello ¿no tenía para él un recuerdo sentimental? Hasta sintió en el fondo del alma cierta grata melancolía. Y quedó complacido por esto, aunque insatisfecho; como el cliente provinciano al pedir en un restaurante un plato caro e inusitado que nada dice a su paladar; pero lo come aprisa mientras mira en la lista el nombre extranjero del manjar y su precio, sintiendo entonces la satisfacción más sutil de la vanidad.

¿Y el viento? El viento se había levantado aquella mañana de buen humor; anduvo cantando por la ladera, cuando ya entrada la mañana vio que alguien venía desde el pueblo a la colina. Algo intimidado porque no veía gente desde hacía tiempo, se echó atrás, guareciéndose entre las murallas. Aguardó, pero no oyó acercarse a nadie, y pensó que se había engañado. Era imposible que alguien del pueblo subiera allí, después de tantos años de odio a la colina y al viento.

Salió de entre las piedras, dio unos pasos sobre la hierba, al sol tibio, cuando de pronto, como tantas veces en otro tiempo, vio a Albanio recostado sobre el tronco del pino. Se quedó inmóvil y atónito; Albanio era en aquel momento lo que más lejos estaba

33

de su memoria. Quiso retroceder, marcharse; pero lo importante hubiera sido no ver a Albanio, y eso era ya imposible. Albanio estaba allí, delante del viento.

Cuán raro todo aquello. Nada hallaba cambiado en él: era el mismo; sus mismos rasgos, sus mismos gestos. Pero el viento nada tenía que decirle ahora. Un poco cortado, aparentando naturalidad, se le acercó, y movió cortésmente su pelo, rodeándole con leves bocanadas olorosas de tierra, de romero y de sol. En el fondo todo lo hacía sin ganas y maquinalmente, como persona bien educada que recibe a disgusto a alguien en su casa aunque nada deja traslucir. Luego fue sintiéndose más natural; pero en cuanto cumplió su deber como dueño de la colina con el amigo antiguo, se retiró con su saludo breve y banal.

No se hallaba tan a gusto como antes de encontrar a Albanio. Dio unos paseos, extraño y ajeno; fue, vino, se tendió, se levantó. Al fin se recobró poco a poco, y pensó que lo ocurrido era natural. Y así como antes creía nunca más hallar a Albanio, equivocándose, ya creía fácil verle otra vez, equivocándose también, porque era ahora cuando no habría de volver a verle.

La tarde se había puesto extraña. La luz no parecía la misma sobre el pino y las ruinas. Por el pueblo las gentes iban y venían a horas desusadas; hasta la campana de la iglesia sonaba a momentos diferentes. Al menos eso se le antojaba al viento. Fue aquel día, una vez tranquilo, cuando descubrió que su aburrimiento era la resignación; halló grato el estar en aquel rincón de las murallas, donde antes se ocultó al ver acercarse un hombre que luego resultó ser Albanio. Allí sentado había de pasarse en adelante las horas muertas, hasta llegar casi a perder conciencia de su vida.

Nadie del pueblo volvió a oírle. Pero como las gentes, aunque olviden pronto, no pierden las viejas manías y los viejos odios suscitados por aquellas mismas cosas que olvidaron, seguían odiando la colina. Aún recordaban aquel estrago que hizo el viento cierto día lejano, y todos los años había en la iglesia una misa con sermón en acción de gracias por haberse librado del huracán.

A la colina siguieron llamándola «la colina del viento». Los hombres nunca subían allá; los niños sentían miedo si al anochecer oían un susurro entre las hojas de los árboles, y las mujeres guardaban en un cajón del armario una vela vieja y amarillenta para encenderla cuando fuera menester ante una santa imagen, si el viento volvía alguna vez a las andadas.

Señora: en esta historia nada pasa. Lo mismo sucede en la vida, donde si algún día ocurre algo es tan inverosímil y absurdo que preferiríamos no hubiese ocurrido. Pero mi historia es imaginaria: Albanio no ha existido; Isabela tampoco, aunque a ambos pudieran hallárseles vagas semejanzas con esta o aquella persona viva; el viento no es criatura humana, y aunque exista no tiene importancia. Quizá por eso me aburra la historia.

Empecé a escribirla porque estaba aburrido, por la misma razón que Dios creó al hombre, aunque el catecismo nos diga que fue para su gloria. Así resulta que por idénticos motivos la comencé y la termino. Pero no lo diga a nadie; mi reputación literaria sufriría, y con ella mi vanidad. Las gentes son duras de oído, mas cuando consiguen atrapar una sombra de opinión ajena la repiten ya siempre como artículo de fe.

¿Diré entonces que la escribí por razones morales? Tal vez sea mejor. Así unos la encontrarán bien sin saber por qué y otros mal por la misma causa; y discutiendo sobre esto un breve espacio se ayudarán a pasar el tiempo «antes que el tiempo muera en nuestros brazos».

El indolente

[1929]

Con mi sol y mi plebe me basta.

GALDÓS, *España trágica*

I

SANSUEÑA es un pueblo ribereño en el mar del sur trasparente y profundo. Un pueblo claro si los hay, todo blanco, verde y azul, con sus olivos, sus chopos y sus álamos y su golpe aquel de chumberas, al pie de una peña rojiza. Desde las azoteas, allá sobre lo alto de la roca aparece una ermita, donde la virgen del Amargo Recuerdo se venera en el único altar, entre flores de trapo bordadas de lentejuelas. Y aunque algún santo arriba no esté mal, abajo nadie le disputa la autoridad al alcalde, que para eso es cacique máximo y déspota más o menos ilustrado.

¿Quién no ha soñado alguna vez al volver tarde a su hogar en una ciudad vasta y sombría, que entre ocupaciones y diversiones igualmente aburridas está perdiendo la vida? No tenemos más que una vida y la vivimos como si aún nos pareciese demasiado, a escape y de mala gana, con ojos que no ven y con el pecho cargado de un aire turbio y envilecido.

En Sansueña los ojos se abren a una luz pura y el pecho respira un aire oloroso. Ningún deseo duele al corazón, porque el deseo ha muerto en la beatitud de vivir; de vivir como viven las cosas: con silencio apasionado. La paz ha hecho su morada bajo los sombrajos donde duermen estos hombres. Y aunque el amanecer les despierte, yendo en sus barcas a tender las redes, a mediodía retiradas con el copo, tam-

39

bién durante el día reina la paz; una paz militante, sonora y luminosa. Si alguna vez me pierdo, que vengan a buscarme aquí, a Sansueña.

Bien sabía esto Don Míster, como llamaban (su verdadero nombre no hace al caso) todos al inglés que años atrás compró aquella casa espaciosa, erguida entre las peñas. La rodeaba un jardín en pendiente cuyas terrazas morían junto al mar, sobre las rocas que el agua había ido socavando; rocas donde día y noche resonaban las olas con voz insomne, rompiendo su cresta de espuma, para dejar luego la piel verdosa del mar estriada de copos nacarados, como si las rosas abiertas arriba entre palmeras, en los arriates del jardín, lloviesen, deshechas y consumidas de ardor bajo la calma estival.

En una de las habitaciones bajas de la casa, sobre unas pieles tendidas en el suelo, dormía Don Míster, junto a la reja de una ventana que nunca vi cerrada, fuese invierno o verano, brillara el sol o azotara el vendaval. No podía conciliar el sueño si en sus oídos no cantaba la nana del mar, acunando sus fantasías de niño viejo.

Niño le llamaban precisamente las gentes de Sansueña. Para el andaluz, cuando interpela a alguien, sólo dos términos hay, y son éstos: niño o abuelo. Allá puede uno ser niño hasta los cuarenta, cincuenta y aún más. Luego, de un salto brusco y triste, dejan de considerarnos como niños para mirarnos como abuelos. «Niño, quítate de ahí, que me haces sombra», dice parsimonioso quien va caminando, jinete sobre un borrico, al peatón que no le ha visto. «Abuelo, arrímese a la pared, no vaya a chocarle», dice el mismo jinete si el peatón es hombre mayor, dando entonces más brío a la voz, porque presume que la edad, si no chocho, al menos habrá dejado sordo al pobre.

En esta categoría de niño figuraba todavía el personaje de quien hoy me propongo hablar. Así le llamaban campechanamente a veces, aunque otras fuese Don Míster, Míster Inglés o bien el Inglés a secas. Con pelo negro y cara sonriente, desmentía la estampa tradicional de la raza. Sin embargo, al verle desnudo o a medio vestir, guardaba el desgarbo típico de sus compatriotas, quienes sólo al endosar el traje urbano convierten en esbeltez las líneas escuetas, adquiriendo su prestancia y buen porte proverbiales.

En cambio es triste pensar qué facha tendría el Adán tendido por Miguel Ángel en el techo de la Sixtina, hermoso, fuerte, inocente, si animándose un día debiese cubrir su forma divina con los vestidos al uso. Tal vez sea la elegancia una compensación de gente espiritada. No me atrevo a afirmarlo. Porque de constituir una compensación, siempre debería la elegancia ejercer atractivo, como la hermosura física. Mas recuerdo ahora que cierto amigo pretendió una vez convencer a quien esto escribe, y casi le convenció, de que él se acicalaba y adornaba no para atraer, sino para alejar a la gente de su lado. Había notado, o creído notar, que si bien la mujer elegante atrae, el hombre elegante repele. Según dicha teoría el dandismo no sería sino una forma entre otras de aspirar a la soledad ascética del yermo. Lo cual puede ser cierto. Al menos los más escépticos deberán reconocer que de todas las formas que ha revestido esa vieja aspiración humana de la soledad, esta del dandismo aparece así como la más refinada de todas.

Pero volvamos a Don Míster. Aún le veo a la caída de la tarde, vestido como solía de blanco, con un pañuelo azul anudado al desgaire bajo el cuello abierto de la camisa, paseando por los senderos de su jardín marino. Unas veces recoge las hojas que la brisa dejó caer sobre la grava, otras alza los ojos para abarcar el horizonte inmenso, aspirando luego el aire lleno del perfume de los jazmines y de las magnolias. Había en su gesto, al encoger y dilatar el pecho en aquella ancha respiración, una especie de reto, como si dijera: ¿quién me puede quitar este gozo elemental y sutil de no ser nada, de no saber nada, de no esperar nada? El perfume del aire, entrando por sus pulmones, respondía a su espíritu reservado y silencioso con un sí, también reservado y silencioso, de la tierra. La tierra y él estaban de acuerdo. ¿Podía pedirse algo más?

Después de recorrer las veredas floridas del jardín nos sentábamos en los bancos encalados del balconcillo, abierto en un repecho sobre el mar. A un lado, entre las hojas de la enredadera, abiertas sus campanillas azules, se veía la playa alargarse abajo, vasta y solitaria. Más lejos aparecían las primeras casas del pueblo, blancas, de tejados rosas y postigos verdes, como palomas adornadas con cintas que un enamorado enviara a su amor dentro de un canastillo. Si el día era claro y se disipaba la niebla luminosa del sur, ese polvo sutil que hace trémula e incierta la visión tal en un sueño, podían verse las montañas de África, aceradas e irreales, brotar extrañamente cerca.

—Le envidio—dije yo a Don Míster una de esas tardes—. Carece usted de lo que la gente considera como necesario para vivir, ya sea aparato de radio, teléfono o periódicos. Tiene en cambio todo lo que hoy se considera superfluo, desde las flores y el aire hasta la soledad. ¡Quién fuera usted!—añadí con un suspiro.

—Pues es bien fácil—me respondió—. No vuelva a la capital. Nadie le obliga a ello. ¿Tiene necesidad de trabajar para ganarse la vida? En esos árboles hay fruta todo el año. Un poco de pan cualquiera suele darlo aquí como limosna. Recuerde la súplica de los mendiguillos con pies descalzos y ojos de azabache que van por ahí de puerta en puerta pidiendo un pedazo de pan.

Acariciaba entretanto, al hablar así, las hojas de una mata de albahaca, y aspirando el aroma de que se habían impregnado sus dedos, añadió luego:

—En esta casa, aunque ya no es mía, nunca le faltará un rincón donde echarse a descansar.

Recordé que en efecto la casa ya no era suya. Su familia, allá en Inglaterra, había acabado por inquietarse de cómo gastaba el dinero, a pesar del respeto profesado por algunas de aquellas gentes a lo que pudiéramos llamar el derecho a la extravagancia; derecho imprescindible para la vida y olvidado por los viejos revolucionarios franceses al promulgar su decálogo.

Los parientes le habían dejado vivir a su gusto, hasta que un buen día supieron que pagaba a cada vecino de Sansueña cinco pesetas diarias por escuchar durante una hora la lectura que en voz alta les hacía de varios versículos de la Biblia. Como aquellas gentes del pueblo apenas si obtenían una peseta de jornal por nueve o diez horas de esfuerzo agotador, pronto el trabajo se dejó a un lado y el grupo de oyentes llegó a equivaler al número de vecinos, descendiendo en proporción rápida el capital de Don Míster.

Sospechaba yo que éste no pretendió con tales lecturas hacer prosélitos del libre examen ni libertar víctimas de la tiranía papista, sino que ésa fue la forma más delicada que halló para justificar su generosidad con aquellas pobres gentes. Ni siquiera cabía pensar que quiso educar sus gustos literarios, abriéndoles los ojos a la hermosura del texto divino, porque si bien pocos hombres he hallado con lenguaje tan rico y expresivo como éstos, pocos también conozco con menos inclinación a la lectura y a los libros. Hubiera sido pena perdida.

No fueron tan crueles los parientes en cuestión como para privar a Don Míster de su libertad, obligándole a regresar a una tierra, una sociedad y un clima que detestaba. Le pusieron, eso sí, en tutela como a un chico, a pesar de sus cuarenta años corridos. Su casa fue dividida en departamentos, y éstos, con excepción de uno reservado para él mismo, alquilados a extranjeros que acudían allí desde climas remotos, como aves migratorias, para olvidar entre el cielo y el mar, en un rincón bello del mundo, una civilización enojosa.

El edificio era espacioso en extremo y estos vecinos forzosos no molestaban nunca. Apenas si por la noche, ya tarde, cuando subiendo desde la playa cruzábamos el patio, se oía a veces un susurro o un beso, que llegaban a nuestros oídos a través de los postigos entreabiertos a causa del calor. Sin duda alguien, extranjero o extranjera, estaba sacrificando al amor acompañado por uno de los hijos de Sansueña. Como estos extranjeros eran ricos y generosos (cualidades que raramente van juntas), placer y provecho llovían sobre la dorada juventud local.

¡Qué hermosas eran aquellas criaturas! Verdad es que a veces la mujer sólo tenía la gracia de los quince años, y que pronto perdía las líneas puras de la adolescencia. Mas en su entraña guardaba un arquetipo instintivo de hermosura, con arreglo al cual era concebida y formada su descendencia numerosa. El hombre, glabro y cenceño, podía conservar más tiempo el porte juvenil, hasta que, como si fuese de madera y no de carne, su cuerpo quedaba arrugado y nudoso bajo los limpios vestidos

45

remendados. De niños, de muchachos, eran exquisitos como una flor y sabrosos como un fruto. Abajo en la playa los veía yo correr y reír, y alzando de pronto las caras frescas y burlonas, pararse gritándome: «¡Money! ¡Money!» Me suponían también extranjero y proferían la única palabra de mi supuesto lenguaje que habían aprendido interesadamente. A mí, que era tan andaluz como ellos, si no más, y que aunque hubiese azacaneado mis huesos por esos mundos, nací en el corazón mismo de Andalucía.

—Esa hermosa gente—dije a Don Míster—es la aristocracia verdadera del país. Si se les colocara con sus harapos al lado de un aristócrata indígena, éste, con su fealdad secular y la rapacidad pintada en cada rasgo, es quien resulta el villano auténtico. Viéndoles ahí abajo, en la playa, llenos de esa gracia que da al cuerpo el haber caminado siempre con los pies desnudos, cimbreantes y dorados, parecen príncipes de una remota dinastía decaída, y da pena recordar las gentes sórdidas que se afanan en las ciudades reproduciéndose a oscuras tal monos en jaula.

—Son hermosos porque son naturales, como los árboles, y los otros han dejado de serlo. Uno había aún más hermoso que éstos. Usted no lo conoció. Nadie conoció a Aire como yo—dijo con un tono de pesar viejo escondido en la voz.

—¿Aire? ¿Quién era Aire?—le pregunté.

—¿Sería realmente hermoso?—continuó sin escucharme—. ¿O fue esa gracia a que usted aludió quien le hacía aparecer así? Pero es inútil preguntarse esto ahora.

Aquí hizo una pausa. Y aunque el relato que presentí tras tales palabras comenzaba igual a uno de aquellos del siglo pasado, donde los personajes eran tan insípidamente hermosos y honrados que trajeron como reacción los personajes feos e inmorales de la época siguiente, confieso que cierta curiosidad se había despertado en mí.

Don Míster, como si sólo entonces hubiera oído mi pregunta, repitió:

—¿Que quién era Aire? ¡Oh, nadie! Al menos socialmente; no crea que fue ministro, ni general, ni siquiera profesor. Era un simple mozo pescador, a quien conocí a poco de llegar yo a Sansueña. Ahora recuerdo que nunca le hablé a usted de mis pasadas aficiones arqueológicas, que me trajeron un buen día a esta tierra. ¿No conoce esas ruinas que hay en la isla de la Pena Muerta? Son restos de una fortaleza nazarita, levantada a su vez sobre los de un templo contemporáneo de las colonias griegas en el país. Al menos eso creíamos hace veinte años; no sé si desde entonces los sabios habrán hecho cambiar de opinión a la historia. Vine yo aquí en busca de una supuesta estatua helenística, la estatua del dios a quien dieron culto en ese templo, y que presumía estaba enterrada junto a las rocas de la Pena Muerta. Las gentes de Sansueña consideran a la isla como maléfica y huyen de ella. Tal vez con razón, como luego verá. Porque yo encontré la estatua, no en mármol corroído, sino en carne viva y animada, con más suerte que Pigmalión, aunque fue mayor mi castigo.

No me interesaba mucho la arqueología en aquel momento. Así que respondí con vaguedad:

—Algo he oído hablar sobre esas ruinas, sin hacer nunca caso. Suponía que el comentario y el maleficio eran sólo leyenda. Pero dígame—insistí—. ¿Qué fue de Aire? ¿Se marchó de Sansueña?

—Murió hace tiempo; hace más de veinte años. Aunque usted parece desdeñar las leyendas, no tengo inconveniente en decirle que al ver por primera vez este cielo y este mar pensé que sería lástima si tampoco junto a ellos eran verdaderas alguna vez. Entonces lo fueron para mí; pero la verdad que encontré pronto se convirtió también en leyenda. Por amor de ellas vine y por amor de ellas me quedé. Ahora conoce lo que me ata a esta tierra: un sueño y una sombra. Pero tan fuertes son sus lazos que nada podrá desatarlos ni separarme ya de aquí.

No quise preguntarle más. Pero Don Míster debió conocer mi curiosidad y compadecerse de ella, o tal vez sintió aquella tarde un afán de confidencia inusitado en él. Me dijo que le esperase y se levantó de mi lado, entrando en la casa.

Yo pensaba verle aparecer con un retrato, medallón u otra reliquia sentimental. Cuando volvió sólo traía una botella y dos vasos altos y esbeltos, de esos que llaman cañas, en los cuales los viejos que un día fueron mozos crudos aún bailan hoy la manzanilla, arrojándola por alto y recogiendo luego el líquido en el vaso sin derramar una gota.

—No es vicio—dijo—. Pero no puedo hablar de estas cosas así en frío. Necesito perder pie. Ya recuerda el consejo de Goethe: ten en cuenta la realidad, pero apoyando en ella un pie sólo.

Se sentó y vertió en los vasos el vino, que era de color amarillo claro, ligero y ardiente al paladar como aquella tierra que lo criaba. Parecía que bebiésemos con él un trago de aire salado. Pronto se subía a la cabeza y trastornaba a su hombre.

—Ahora, cuando recuerdo a Aire—continuó Don Míster—, comprendo la debilidad de la palabra. ¿Cómo decir a nadie, a nadie que no la esté viendo conmigo aquí, a mi lado, la hermosura de este paisaje y de esta hora? ¿De qué está hecha esta hermosura? ¿Es el color, es la luz, es el perfume? Es todo eso y es mucho más; algo inefable que siento dentro de mí y que debe quedar ahí y morir conmigo. Esa guitarra, ¿la oye?, cuyo rasgueo nos lo trae una ráfaga de brisa, subraya toda esta hermosura, haciéndola dolorosa a fuerza de viva y apacible. ¿A quién le puedo comunicar esta emoción que ahora sube en mi pecho, como esas olas por el mar? A nadie. Las palabras deforman nuestro corazón; son exageradas y olvidadizas como los hombres, y no es menos inútil confiar en unos que en otras.

Con los ojos brillantes de lágrimas contuvo su exaltación. Comenzaba yo a sentir cierto malestar al verle abandonarse así. Se sentó, quedando quieto y silencioso unos momentos. Después, más sereno, continuó hablando.

2

Antes de venir a Sansueña yo era un estudioso, un sabio en ciernes; el mundo y su gloria aguardaban mis obras. Hoy, ¡cuánto tiempo me parece que hace de todo eso! Hacen sólo veinte años.

Fue a comienzos de verano, y llegué aquí por la tarde. Como entonces no había automóviles, un coche de punto, una victoria que semejaba un trono, me trajo con mi equipaje desde la ciudad, y el cochero mismo me indicó la casa donde podía encontrar alojamiento.

Poco tardé yo en descubrir ésta donde ahora estamos, que entonces era como hoy un caserón destartalado, pero con un jardín que es su gloria. No sé qué princesa austríaca, loca y errante, vino por Sansueña hace más de un siglo. Le gustó el lugar y mandó levantar esta casa, donde vivió algunos años. Soñaba con el amor, enamorada siempre de alguien, pero llena de pudores extraños nunca se atrevió a acercarse a quien amaba. Algo de su locura debió quedar en el ambiente, y yo la adquirí juntamente con la vivienda. Mi ser anterior, mis gustos, deseos, propósitos, todo lo olvidé o dejé a un lado como cosa sin valor. Le aseguro que esa noche de mi llegada me sentí trastornado, con una embriaguez, un desfallecimiento de la voluntad desconocido antes para mí.

Apenas concertado mi alojamiento en la casa a que me condujeron salí y empecé a vagar por las calles. Pequeño era Sansueña y pequeño sigue siendo, así que pronto me hallé en esa alameda que hay a las afueras del pueblo, junto al camino.

Pocas palmeras había yo visto antes de llegar a Andalucía; ninguna semejante a éstas de la alameda. Ya las conoce: troncos altos como pilares de catedral y hojas largas y agudas que caen desde arriba en un torrente de gracia y esplendor, rozando los hombros de quien pasa debajo.

No brillaba aquella noche otra luz sino la de un farol, allá desde la última esquina del pueblo. El rumor del mar venía hasta mí, cercano y distante, con algo misterioso. Flotaba sobre todo un perfume denso, penetrante, hecho de jazmines, de la flor nocturna del dondiego, de azahares remotos, porque estábamos en junio y el azahar sólo florece unos días al comenzar la primavera. No sé si era una mezcla de todos esos aromas o el aroma de la tierra misma, de los cuerpos enfebrecidos que entre la oscuridad se abrazaban junto a los quicios de las puertas o conversaban a través de las rejas en las ventanas bajas.

Entré en la alameda perdida la memoria, como si siguiera los pasos de alguien; di vueltas por los senderos solitarios y al fin me dejé caer sobre un banco.

Nada respondió a ese afán amoroso que me asaltaba; pero recreándome en su intensidad misma, hallé al fin una satisfacción. Satisfacción vana, igual a la de los frutos prometedores e insípidos que engañan la sed en ciertos climas meridionales. Tal vez fuera mejor así. En el fondo, no sonría, soy cristiano, y sé que si es hermoso conseguir otras veces es más hermoso perder.

Volví a casa, dormí larga, profundamente. Quería levantarme temprano, bajar a la playa, entrar en el agua fría de la mañana, cuando la luz del sol tiene el color de la rosa rosada y la arena está fresca y suave al tacto como un cuerpo juvenil. Fue propósito inútil: desperté tarde, con los miembros fatigados y torpes.

¿Diré mi gozo al entrar en el mar aquella mañana? ¿La frescura del agua en contraste con el soplo ardiente del aire? ¿La trasparencia de la luz atravesando la hondura del mar? Me parecía que acababa de nacer, no inconsciente e inútil como nace el hombre, sino crecido y fuerte, lleno de deseos y con manos aptas para dar forma a los deseos.

Los días se sucedieron así iguales y perfectos, trayendo con ellos la saciedad justa para que esos deseos, aplacados pero no satisfechos, no muriesen, y con ellos mi propio fervor. Casi no oía las horas que daba el reloj en la torre de la iglesia. Al llegar había trazado una raya blanca en la pared desnuda de mi habitación: no pude trazar otras que me diesen cuenta del tiempo que iba trascurriendo.

Era un día único, un día inmortal, sereno y hermoso como los de los dioses.

Yo estaba solo, no tenía amigos, no conocía a nadie, ni podía o quería hablar con nadie. Las pocas palabras que sabía entonces del idioma casi me estorbaban, tal peso inútil que dificultara el vuelo de mi cántico íntimo y silencioso.

Una mañana estaba yo en el lugar apartado de la playa cuyo maleficio legendario alejaba a las gentes y donde solía pasar largas horas. Recordé los cuentos que corrían por el pueblo, la estatua sepultada que yo había venido a buscar, y que con pereza nueva en mí tenía casi olvidada. ¿Lo diré? Sentí cierto recelo. Los dioses se vengan de quien los olvida. Después de todo las gentes de Sansueña podían tener alguna razón que abonase su temor supersticioso. Miré al islote de la Pena Muerta. Vi su fortaleza en ruinas bajo la luz dorada de la mañana. Hasta podía distinguir el fuste truncado que alguna columna marmórea, resto del viejo templo, destacaba sobre la piedra rojiza de un murallón desdentado.

Entonces surgió una aparición. Al menos por tal la tuve, porque no parecía criatura de las que vemos a diario, sino emanación o encarnación viva de la tierra que yo estaba contemplando.

Aquella criatura, fuese quien fuese, saltando desnuda entre las peñas, con agilidad de elemento y no de persona humana, se fue acercando poco a poco. Así conocí a Aire.

Ya sabe usted el prejuicio que tenemos los extranjeros de creer morena a toda la gente en este país, con pelo y ojos negros lo mismo que el ala del cuervo. Aire era rubio, de piel oscura y ojos pardos. Había en su pelo esas vetas más claras de la concha llamada carey, tonalidad que denota larga familiaridad con el mar. Su cuerpo me apareció aquella mañana sobre el cielo, fino, resistente y esbelto, tal modelado por las olas, que entienden de eso como escultor ninguno ha sabido en la tierra. Con los labios entreabiertos, sonreía silenciosamente.

Me acudió a la memoria alguna fugaz historia amorosa mía, en la que yo no había sido muy feliz, y le miré con envidia, pensando que de haber sido yo como él ninguna mujer me hubiera desdeñado.

A pesar de mi timidez, de mi poca gracia, motivo por el cual huyo precisamente de las gentes que me interesan y soporto las que me aburren, hicimos amistad. Mejor dicho: fue él quien la hizo. Yo, con la mano tendida, le dejé aproximarse; lo mismo que cuando un pájaro se acerca y recelamos que cualquier movimiento brusco pueda asustarle.

Poco a poco nos fuimos acostumbrando el uno al otro. Apenas hablamos al principio. Pronto aprendimos palabras comunes. Todos los días por la mañana nos veíamos en la playa. Todos los días al caer de la tarde estábamos en el cafetín del pueblo. Y en medio de las olas tranquilas o sentado ante una copa de montilla, entre las paredes del bar pintadas de azul, no sentía yo la presencia de un extraño

54

frente a mí. Es curioso. Aire me hacía el efecto de un cristal, un cristal donde yo mismo me viese reflejado. Pero en aquel reflejo era yo más joven, más fuerte, más sereno, como si mi imagen se hubiese fijado al fin, haciéndola definitiva la eternidad.

Ninguno de los dos hablaba nunca de su vida anterior. De labios ajenos supe que Aire no tenía familia. Algunos rumores llegaron además hasta mí de que su madre, ya muerta, había sido mujer a la cual se le atribuyeron varios deslices. Nadie conocía a su padre. ¿Sintió él vergüenza de su origen y por esto nunca hizo alusión a ese tema? No lo creo.

Se había despertado en él la curiosidad de ver mundo, y noté que la vida en Sansueña comenzaba a pesarle. Una idea fija fue prendiendo en él: la de que yo me marcharía de allí y otra vez habría de encontrarse solo entre unas gentes y en un lugar insoportables ya. Por mí aprendió a conocer otra manera distinta de vivir. Quería oír voces, moverse entre un vaivén que le aturdiera, como han deseado otras gentes más civilizadas que él. Fui yo inconscientemente, yo que tanto le quería ya, quien puso en movimiento su destino dormido hasta entonces.

Cierto día le hallé más silencioso que de ordinario. Ni siquiera sonreía. Con los ojos bajos, fijos en la mesa, estuvo escuchando mis palabras.

—Tú quieres vivir aquí—me dijo de pronto—. Yo quiero marcharme. No es posible que dos personas piensen lo mismo.

—No sabes lo que dices—le respondí—. Mira ese cielo. En parte alguna hallarás otro igual.

—Mejor. Otros cielos son los que yo quiero. Los de allá lejos, los que nunca he visto.

—¿Qué buscarías bajo ellos que aquí no tengas? Sólo encontrarías soles mojados y tristes. Un día has de recordar esta luz, esta misma luz de la tarde sobre esas tapias blancas, y la echarás de menos. Entonces querrás volver.

—Esa luz es tan triste que no quiero verla. Además me gusta la mudanza aunque nada traiga. Cambiar por cambiar. ¿No es eso bastante?

—Te cansarás un día. La vida es dura lejos de este rincón casi olvidado. ¡Cuántas decepciones te esperan!

—¿No las he sufrido aquí? ¡Qué sabes tú! Mira. Cuando niño, mientras ayudaba a los pescadores a vender el copo, aprendí a leer en los papeles que caían en mis manos. Quería saber cosas. ¿Para qué? Cuando llegué a mozo, porque podía rasguear un poco la guitarra y rondaban mi cabeza unas coplas, me empeñé en ser músico. Todos se rieron de mí. No comprendía que enjaulado como yo estoy nadie puede volar alto. Me enamoré, y más vale no hablar. Desde entonces cuando oigo hablar de enamoramientos hago la cruz y me voy. Al fin me hice pescador, porque de fantasías no se vive. Pero ir tirando así, ¡cuánto trabajo me cuesta! Hay días en que me parece tener siglos y llevar encima el peso de la tierra.

—No seas niño, Aire. Tú y yo tenemos que hablar. Pero hoy no, que ya hemos charlado bastante; otro día. Ahora, vámonos.

Yo era rico entonces y podía permitirme cualquier fantasía. Pensé cuán fácil sería marcharme de allí y llevar a Aire conmigo, satisfaciendo su deseo de ver mundo. Comprendía al mismo tiempo que nuestra amistad, tan agradable aquí, no sería igual en otra parte. Esa misma relación nuestra, tan espontánea y natural, podía ser mal interpretada y erróneamente juzgada por la gente. ¿Qué situación tendría Aire con respecto a mí? ¿Amigo? ¿Criado? Era difícil decidir. Sin embargo la idea me agradaba, y mi capricho casi estaba resuelto en favor de ella. Pero queriendo dar más tiempo a la resolución, nada dije entonces a Aire.

Nos levantamos y al salir afuera a la playa vi a lo lejos las ruinas de la Pena Muerta. Aunque era larga la distancia, se las veía surgir desde el mar. Su color cambiaba con la luz, siendo sonrosado al amanecer y más encendido a medida que avanzaba el día, hasta volverse rojo por la tarde, y a la noche blanco como un fantasma. En esa hora crepuscular eran espectrales aquellas ruinas, y parecían guardar un secreto, desafiándome a que lo averiguase.

Súbitamente, con ese afán estúpido de dar apariencia de utilidad hasta a nuestros caprichos, pensé que no debía marcharme sin averiguar algo sobre la estatua, causa y origen de mi venida a Sansueña. ¿Qué iba a decir si no a los amigos cuando volviese a mi tierra? Tanto hablarles de excavaciones y descubrimientos para luego volver con un mozo extraño y medio salvaje por todo bagaje científico, y sin noticia alguna sobre la estatua dichosa.

Mientras caminábamos por la playa en dirección al pueblo, no descubriendo todavía mi propósito casi formado de regresar llevándole conmigo, interrogué a Aire:

—Corre por Sansueña una historia sobre las ruinas que llaman de la Pena Muerta. Me han hablado de cierta estatua que hay al pie de esa roca.

—Son historias con que las viejas duermen a los niños. No hagas caso de ellas.

—Mucha seguridad tienes cuando hablas así.

—Ninguna. De Sansueña soy y sus historias conozco. Pero nunca vi forastero que las tomara en serio.

—Eso no es motivo bastante para que dejen de ser ciertas.

No sé lo que me impulsaba a jugar así con una superstición que yo no compartía. Aire quedó pensativo unos momentos. Luego respondió:

—Acaso lleves razón. Yo mismo no conozco si las creo. Siempre oí hablar del maleficio de la Pena Muerta. Nadie pone el pie allí, y las mujeres hacen la cruz cuando oyen ese nombre. Tal vez por eso sentí siempre curiosidad. Hace tiempo, siendo yo zagal, hice un día una escapada y llegué nadando hasta las rocas de esa isleta. No hallé allí sino piedras viejas y jaramagos, y lagartijas entre las pie-

58

dras. Junto a un rosal me senté y de cansancio me quedé dormido. Cuando desperté oscurecía, y me dieron miedo las flores que rozaban mi cara como bocas descoloridas. Un sueño me pareció luego aquello.

—Las leyendas, los sueños son hermosos, Aire. Cosa triste que ellos y la vida vayan por caminos distintos.

—Nadie puede ver visiones, y es mejor así. ¿Viniste tú a esta tierra con la pretensión de verlas? —dijo sonriéndose.

—No lo sé. Ni me lo vuelvas a preguntar. (Será una tontería, pero cuando Aire dijo aquellas palabras me pareció sentir en el pecho esa angustia de la muerte, como si ésta, llamándonos desde un rincón oscuro, fuera a paralizarnos el corazón.) ¿Por qué te ríes?—añadí con mal humor, ya repuesto de mi aprensión.

—Porque me parece que tú también eres supersticioso.

—Será contagio vuestro.

—Entonces no te extrañará si te digo que alguien ha visto la estatua.

—¿Hablas en serio? Dime quién es.

—Un amigo mío. Le llaman Guitarra.

—Quiero hablar con él. Tráelo contigo mañana.

—¿Y si lo que ha visto son fantasías?

—No importa. Quiero saber si las fantasías se ven.

Con esas palabras nos despedimos aquella tarde. Luego, a solas, me impacienté conmigo mismo. Me pareció que era estúpido preocuparse por cosas y propósitos antiguos que había ya olvidado. ¿Acaso no veía yo en Aire la imagen viva de aquellas gentes perdidas, de aquel ídolo que yo había venido a buscar? Pues si por un azar casi milagroso de la ilusión creía hallar en la realidad una imagen de lo pasado, ¿a qué tentar más el destino? Para nada necesitaba la estatua, si es que realmente existía. Lo mejor era marcharse sin más averiguaciones.

Pero al día siguiente había cambiado yo de parecer. Por la tarde fui al bar, como de costumbre, y a poco de sentarme allí apareció Aire. Venía con él un mozo cetrino, de su misma edad poco más o menos, aunque al primer momento pareciera mayor.

—Aquí tienes a Guitarra—me dijo Aire.

Respondí al saludo de ambos y cambiamos unas cuantas frases banales, hasta que Aire, cortando bruscamente la conversación, me advirtió:

—Ya he hablado con Guitarra del asunto aquel.

—¿Es cierto que ha visto esa estatua a que se refieren las gentes del pueblo?—pregunté a Guitarra.

—Como lo estoy viendo a usted. Éste—dijo señalando a Aire—no me cree. Por estas cruces que la vi.

Le miré a la cara, y pensé que hablaba con acento sincero.

—Cuénteme lo que sepa—le pedí.

—El otro día, cuando estábamos tendiendo las

redes cerca de la isleta de la Pena Muerta, porque yo también soy pescador—advirtió—, se quedaron sujetas las mallas y tuve que echarme al agua para desenredarlas. Allá por la Pena Muerta hay bastante fondo. Cuando iba a tirar de la red, vi... ¡Parece mentira que no me crean!—dijo con cólera al aparecer una sonrisa en labios de Aire.

—Si te creyera—dijo entonces éste—, ¿iba yo a perder el tiempo en oírte, cuando la estatua llevará siglos allá abajo, esperando que alguien la saque a tierra?

—¿Te atreverías tú?—preguntó Guitarra vivamente.

—Para eso estoy yo aquí—intervine—. Si vosotros me ayudáis, sacaremos la estatua del mar. Ése ha sido mi deseo desde mucho tiempo atrás, y a eso vine a Sansueña.

—¿Y si no existe?—dijo Aire con mal humor.

—Poca luz había aquel día dentro del agua, pero era bastante para ver dónde estaba sujeta la red. Me crean o no me crean, la sujetaba una mano de la estatua; una mano blanca y grande como un pulpo. Eso es lo que parecía: un pulpo blanco. Entre los dedos tenía la red y tiraba de ella mar adentro.

Vi que Aire, aunque hasta entonces había parecido incrédulo, comenzaba a escuchar con vivo interés el relato de Guitarra. Éste continuó así:

—Hace pocas noches, un domingo, mientras tú bailabas con Olvido en la plaza, yo me marché de la fiesta. Estaba de mal humor. Me fui a la playa, y como tenía calor, quise nadar un poco. Me desnudé y eché al mar, y cuando iba cerca de las rocas de la Pena Muerta, recordé la historia de la estatua. Entonces entré bajo el agua, que estaba clara con la luna llena, y hallé en el fondo...

Aquí, como si quisiera medir la credulidad de Aire, que ahora escuchaba sin pestañear, le miró e hizo una pausa. Después prosiguió:

—Hallé en el fondo la cabeza de la estatua. Al primer momento sólo distinguía un bulto blanco, pero luego comprendí lo que era. Ciega y con los ojos abiertos, como el agua se movía entre ella y yo, hubiera jurado que parpadeaba y movía los labios. Tenía una expresión tan rara, que quien hubiera visto aquello a la luz de la luna, a través del agua negra, no se reiría de la estatua. Fácil es convencerse de que existe, viéndola con los propios ojos —concluyó.

—Bien nado y poco se me da de la vida, pero caer en uno de aquellos pozos que por la isleta hay, no me atrae mucho—dijo Aire—. Desde que nací estoy oyendo hablar de esa estatua y de su maleficio. Parece que me persigue. Creo en ella y no quisiera creer.

—Amigos—intervine yo entonces, sin atender a las palabras de Aire, y lleno de entusiasmo al ver confirmadas por el relato de Guitarra mis presunciones acerca de la estatua—. Amigos, escuchadme. Yo quiero, necesito esa estatua. Vosotros me ayudaréis a conseguirla, que no os pesará. Pero de esto ni una palabra a la gente. ¿Cuánto fondo hay junto a la isla?

—Bastante—respondió Aire.

—No tanto como se dice—aclaró Guitarra.

—Ya veremos lo que nos hace falta para sacar la estatua del mar. Habrá que comprar las cosas en la ciudad, y llevarlas de noche con una barca a la isla, dejándolas allí ocultas entre las piedras. Pero yo me ocuparé de los preparativos. Vosotros estad listos para cuando os necesite, que ha de ser pronto. Entretanto, recordad mi advertencia: ni una palabra a nadie.

Con esto nos levantamos y nos fuimos. Guitarra se despidió de mí muy obsequioso, tras prometer gran reserva. Aire me acompañó mudo y sin mirarme. Yo iba loco de contento. Tan absorto estaba en mis propios sentimientos, que apenas reparé entonces en la animosidad que tenían los ojos de Guitarra cuando miraban a Aire. O si reparé fue sin darle importancia, pensando que tal vez existiría entre ellos una de esas disputas, famosas entre mozos ternes andaluces, esas rencillas que se solventan con gestos y abrir de navaja, sin tocarse al pelo de la ropa, hasta que algunos compadres separan y calman a los contendientes.

Aire me sacó de mi abstracción:

—¿Te irás de Sansueña cuando halles la estatua?

—Ten confianza en mí, Aire, y no pienses en eso ahora. Por cierto: ¿quién es esa mujer a que se ha referido Guitarra y con quien tú bailabas en la plaza?

—¿Olvido? Eso es agua pasada.

No dijo más y se despidió de mí. Entonces en el fondo de mi alma se levantó un necio resquemor: ¿Quién era aquella Olvido a la cual Guitarra aludió celosamente? ¿Novia de Aire? ¿Amante? Después de todo—pensé—, ¿qué me importa eso? Pero no dejaba yo de sentir algún despecho al saber que Aire tenía otros afectos, aunque éstos fueran ya muertos, como parecía. Egoístamente le quería solo. ¡Cuánta vanidad en nuestros afectos, hasta en los más puros!

3

Me pareció que Don Míster debía estar fatigado y le pedí que hiciera un alto en su relato.

—No—me dijo—. Quiero seguirlo ahora. A menos que usted se halle más cansado de oírme que yo de hablar.

Como le asegurara lo contrario, continuó:

—Deje que salgan afuera las efusiones viejas del alma. Mañana, dentro de dos horas tal vez, la desgana, la apatía, volverán a enseñorearse de mí. Entonces todo esto que le refiero quedará pobre y sin sentido. Como en el cuento infantil, puede creer que lo que ahora parece relucir tal el oro no será mañana carbón. Escúcheme pues.

—Usted—continuó Don Míster—vive retraído. No habla con la gente del pueblo. ¿A cuántos conoce? Yo los conozco a todos. Sé sus nombres, su edad. A muchos vi nacer. Otros ya no existen. Algunos, los menos, se marcharon, desaparecieron. ¿Dónde estarán hoy Olvido y Guitarra? Dudo que el peso de su pasado les impida vivir y alegrarse allí donde estén. Los remordimientos no existen, son uno de tantos mitos consoladores inventados por el hombre, nada más. También se dice que somos cristianos. ¿Vio usted alguna vez alguien que realmente lo fuera?

Pensé que estaba divagando, aunque no dejaba de reconocer que había algo de cierto en sus palabras.

—Ella—dijo refiriéndose a Olvido—era, o mejor, había sido amante de Aire. Fuerte como un hermoso animal, de piel lisa y mate tal el pétalo de la magnolia, atraía a muchos, entre otros a Guitarra, que andaba loco tras de ella desde hacía largo tiempo, con esa tenacidad del deseo exasperado por la dificultad, la vanidad y el tesón de esta gente. Yo no la conocía aún. Estos datos los tuve después.

Enamorada de Aire, le estaba viendo alejarse. Era imposible retenerle, porque escapaba de todo y sólo apreciaba una cosa: su libertad. Y sin embargo en aquellos días tal vez la hubiera sacrificado por mí.

¡Qué necio, qué loco fui! Nos quejamos de la suerte, nos lamentamos de estar vivos. Pero ¿quién no ha tenido o quién no espera unos momentos de dicha que justifiquen los sufrimientos de la vida entera? Yo, como otros tantos, tuve esos momentos, porque hasta esto que ahora voy a referirle, mis días en Sansueña fueron perfectos. Si todo acabó con brevedad trágica, mía fue la culpa. Todos los hombres matan lo que aman; es cierto. Como si un demonio de odio nos poseyera, destruimos aquello mismo sin cuya presencia la vida ha de ser para nosotros un infierno. Y aunque yo mismo no maté, dejé que otros mataran lo que yo amaba.

Años tengo, pero nunca olvidaré aquellos días de que le hablo. Había yo encontrado en la casa donde entonces vivía, unos libros que un viajero entusiasta y sentimental, alemán sin duda, olvidó o perdió. Entre otros hallé un tomo de Teócrito, que yo conocía, y otro desconocido para mí: el *Hyperion* de Hölderlin. Siempre he sido aficionado a la lectura, mas en aquellos días no podía leer. ¿Por qué fueron estos libros, este libro último precisamente, a parar entonces a mis manos? Aquel era el único libro que yo podía leer en tal momento.

Dicen que el sol es enemigo del pensamiento. Mentira. El sol mata el pensamiento estéril, que se aplica a menesteres bajos y como un mulo ciego va dando vueltas a la noria día tras día. Pero la llama inteligente que Dios prende en el hombre, el sol la exalta con su calor fraterno.

Bien lo conocí aquellas mañanas, cuando tendido sobre la arena leía yo, a la sombra que mi propio cuerpo proyectaba sobre las páginas, el *Hype-*

rion de Hölderlin. Al volver la cabeza, en las pausas de mi lectura, veía los ojos y la sonrisa de Aire, que estaba descansando al lado mío. Nunca he vuelto a leer ese libro. Hay en él verdades que sólo una vez pude comprender. Hoy estarían cerradas para mí. En ciertos momentos de la vida estamos como sobre una cima, y luego todo será descenso y caída.

Sé que esto que digo no lo comprenderá, o lo comprenderá mal, que es peor. Sin embargo lo digo. ¿Por qué? No basta a veces la felicidad, queremos que los demás sepan que fuimos felices. ¡Como si a los demás les importara nuestra felicidad o nuestra desdicha!

Cuando yo era joven tuve un profesor en la universidad, de quien la casualidad me hizo amigo, y digo casualidad porque ninguna razón había para que fuésemos amigos. No conocía yo a nadie, y aquel hombre fue partícipe involuntario de mis pensamientos y de mis emociones juveniles que para él eran letra muerta. Con dificultad admitía yo entonces que existiese incomprensión entre dos criaturas. Más tarde, al darme cuenta de mi error, disculpé a mi profesor, y comprendí por qué la gente cree aquí que los árabes se confiesan a un muro: lo importante es desahogar el pecho, aunque no nos comprendan ni nos escuchen.

Pero vuelvo a mi relato. Una tarde en que Aire había ido a la ciudad para comprar algo que necesitábamos en nuestros trabajos, vagaba yo a solas por las calles del pueblo. El pensamiento de mi próxima partida, junto con la simpatía que me inspiraba Sansueña, daban a mi deambular una melancolía casi voluptuosa. Recorrí varias calles, y aunque el pueblo es pequeño, tiene tal dédalo de callejas y plazuelas, que me hallé no sé cómo en un pasadizo largo y revuelto que yo no conocía, cerrado por el arco de un compás. Ya sabe a qué compás me refiero. Es una plazoleta de muros encalados, adonde no hay un solo balcón, si no es algún ventanillo polvoriento, condenado tras de rejas espesas, ya que las únicas fachadas que allí dan son las de un convento.

En medio de esa plazoleta había entonces una cruz de hierro rodeada de geranios, adelfas y arrayán. Se oía el gotear de una fuente, y sobre los aleros, en el cielo pálido del atardecer, revoloteaban las golondrinas con su grito melancólico. La tarde era tranquila y el silencio maravilloso.

Vi un poyo a un lado del muro y me senté a descansar unos momentos. Poco rato llevaba allí cuando rechinaron los goznes de un postigo, abriéndose una ventana baja de la plazoleta, a la entrada del callejón, cerca de donde yo estaba.

Apenas me había fijado antes en esa ventana. Supuse que era del convento, sin reparar que doblando la esquina de la calleja podía haber alguna puerta de casa particular. Porque en esta tierra, a veces, no sabemos cómo o por dónde entrar en una casa que sólo muestra al exterior un muro liso y blanco hasta que hallada en algún recodo la puerta misteriosa, al entrar dentro, como en el amor escondido, hallamos todas las delicias imaginables.

Se abrió pues la reja y asomó a ella una mujer joven, de pelo negro, liso y brillante, vestida de blanco, con una rosa en el pecho y un abanico en la mano. Pero éste, más que para darse aire, le servía de látigo con el que comenzó a azotar las cruces de la reja y las macetas de la ventana. Parecía furiosa, y las guijas blancas y grises que empedraban la calle estuvieron pronto cubiertas de pétalos deshojados. Allí, tras de los hierros, brillaban sus ojos tal los de una fiera en acecho; una fiera enjaulada a quien ni los días de cautiverio ni el aburrimiento de su inactividad han podido domar.

Yo la contemplaba admirado, recelando que con una de sus ojeadas centelleantes me descubriese y fulminara, aunque ella no podía verme, porque el recodo del muro ocultaba el lugar donde me hallaba. Pero tampoco podía marcharme sin pasar por delante de la reja.

En esa situación estaba indeciso cuando oí pasos por la calleja, resonante con el rumor subterráneo de un aljibe, y en la esquina de la plazuela apareció una vieja. Era ésta ágil, limpia y con visos aún de presunción femenil. Llevaba un traje rosa fuerte, sobre cuyo color destacaba algún remiendo más claro, un mantoncillo negro y flores en el pelo. No se estaba quieta un momento; sus zarcillos largos temblaban como las hojas de un árbol sacudido por la tormenta. ¡Pobre Petunia! Siempre la vi vestida así, y con su abanico en ristre fuese invierno o verano; con él se daba aire si hacía calor o aventaba la pobre candela de su hogar si hacía frío. Era un abanico de esos que tienen en el país la rueda de la fortuna, y al que varias veces al día preguntaban: «¿Me quiere?» Y el abanico respondía invariable: «Si eres prudente».

Venía apresurada, pero antes de llegar junto a la reja se detuvo, volviendo atrás la cabeza. Por su actitud comprendí nuevamente que yo era allí un intruso. Mas otro temor vino a añadirse al anterior si abandonaba mi escondite: atraer la atención de la vieja.

Petunia era entrometida como ella sola y me perseguía con sus propuestas de hallarme novia. Nunca pudo ver hombre y mujer solteros sin hacerlos pareja, aunque jamás se hubieran visto antes, ni se gustaran o acordaran entre sí. Sentía yo timidez extraña de que me hiciera cruzar la palabra con aquella mujer de la ventana, que me atraía y repelía con sentimiento indefinible.

—Aquí me tienes, niña—dijo Petunia—. Corriendo vengo como si fuera una mocita, que parece mentira tenga yo sesenta años y no quince—. Respiró con fatiga, agregando:—Descolorida estás.

—Será de tanto esperar—dijo la otra con voz un poco ronca y velada.

—¿A mí? Pues ¿qué hora es? Te dije que a las seis estaría aquí. Y las seis han dado hace poco en la iglesia.

—Esa espera no iba contigo, sino con otro. Hasta las dos estuve aguardándole anoche. Tiemblo cada vez que oigo pasos de alguien por la calle, creyendo que son los suyos. Cuando ya no me quedan esperanzas de verlo, me echo sobre la cama a llorar de pena y de rabia.

—¿Tienes celos de alguien?

—De nadie y de todos. Dime, Petunia. ¿Le has visto hoy? ¿Sabes si vendrá esta noche?—dijo agarrándose a los hierros de la reja y pegando a ella su cara, como si en los ojos de la vieja pudiera distinguir la imagen de aquel por quien preguntaba.

—En todo el día he visto a ese mal ángel. No pienses más en él. De otros sé yo que no se apartarían un momento de esta reja si tú quisieras.

Petunia, al decir esto, aguardó ansiosa el efecto de su celestineo.

—¡Ingrato!—continuó la otra como si no la hubiera oído—. Ya no se acuerda de tantas noches como pasamos juntos en esta misma ventana y sólo cuando amanecía nos separábamos. ¿No sabes dónde anda? ¿No sabes lo que hace?

—Anda mucho con ese inglés, con Don Míster. Dicen que se va del pueblo—respondió la vieja—. Pero tú no te apures: a rey muerto, rey puesto.

—¿Qué estás diciendo? ¿Que se va?—gritó la joven interrumpiéndola—. Te juro que no me ha de dejar así.

Al oír mi nombre tuve un sobresalto. Ni siquiera me sorprendió cómo conocía Petunia lo de nuestra marcha, que era un proyecto del que no había hablado a nadie. Sólo pensaba en que aquella mujer de la reja era Olvido, y que al fin me veía frente a ella.

Si hermosa me pareció antes, ahora, al saber que era la enamorada de mi amigo, su hermosura fue más incitante para mí. Un lazo sutil me ató a ella, como si en su cuerpo se escondiese algo que alejaba de mí la amistad de Aire, una parte remota y escondida de la vida de éste, a quien yo creía conocer por entero.

—No están bien amenazas en tu boca—dijo la vieja tratando de calmarla.

—Es imposible—continuó Olvido—. No puede marcharse y dejarme.

—Cálmate—insistía la vieja—. Si tú quisieras... —insinuó.

—No me vengas otra vez con tus historias y proposiciones. Si quisiera otro hombre, ahí está Guitarra esperando turno. Ojalá pudiera olvidar a Aire.

—Un camino hay. No sé si te atreverías.

—A todo me atrevo yo por odio, si no por amor.

Dudaba Petunia. Al fin preguntó:

—¿Tienes alguna prenda de Aire?

—En este medallón un rizo de pelo suyo, que se lo corté una noche mientras dormía.

—Como una paloma ha vivido entre tus pechos. Joya entre joyas finas. ¡Ay, niña! Quién fuera hombre y mozo—suspiró la vieja.

—Cállate y no me desesperes. Dime tu remedio.

—Una candela he de encender y moldear en cera al calor de su llama la figura de Aire. El rizo lo pondré entre la cera caliente. Tres veces le atravesarás el pecho con un alfiler, repitiendo las palabras que te diga yo. Candelillas encenderás alrededor y dirás oraciones para que tus deseos se vean cumplidos. Pero has de prometerme no decir a nadie palabra de esto.

—No me conoces si temes chismes conmigo.

—Pues ven a mi casa esta noche a las diez. Sola estaré esperándote. Ahora, adiós. Que es tarde. Dejé la olla puesta al fogón y se me va a achicharrar la comida.

Se marchó la vieja y la ventana se cerró con un portazo de despecho y malhumor.

Distraído con aquellas pasiones que tan de cerca me atañían, no me apercibí de que la tarde había ido cayendo y era ya casi noche cerrada. Al toque de ánimas en la torre de la iglesia me sacaron de mi abstracción unas campanadas hondas y graves, seguidas de otras rápidas y en tono menor.

Apareció en la plazoleta el sereno, con su chuzo al hombro y el farol encendido sobre el pecho. Emprendía yo la retirada, para que no me sorprendiera en mi escondite, y al cruzarme con él, me saludó en estos términos:

—A la paz de Dios, Don Míster. ¡Vaya nochecita que hace para pelar la pava con una buena moza!

Sin duda se figuraba que en aquella reja ahora cerrada tenía yo secretos de amor. Razón llevaba después de todo, aunque sólo en parte.

Comenzó a preocuparme un recelo, una aprensión de lo que iba a ocurrir. Aún no veía clara la trama de pasiones tejidas alrededor de Aire. Pero oscuramente sentí que debía prevenirle de algo, protegerle, guardarle. Y decidí que tan pronto estuviera la estatua en mi poder nos marcharíamos de Sansueña.

A veces pienso que la culpa de lo ocurrido ha sido mía más que de Olvido y de Guitarra. Aire estaba ajeno a todas aquellas pasiones encontradas, y aunque conocía la rivalidad de Guitarra, no le daba importancia. Esto fue lo que al otro exasperó más. La indiferencia de Aire y mi egoísmo, frente al amor de Olvido y el odio de Guitarra: la cuenta era muy desigual.

Sin embargo aquella noche, cuando encontré a Aire en la playa, de vuelta ya de la ciudad, no le dije una palabra sobre lo que acababa de oír. Piense usted lo que quiera de mi silencio. ¿Fue timidez de levantar entre nosotros el recuerdo de su antiguo amor? ¿Distracción nuestra de todas las cosas al vernos reunidos? ¿Añagaza del destino para que nadie frustrase su designio? Lo cierto es que sólo nos ocupamos del momento presente. ¡Qué hermosa estaba la noche! ¡Qué palpitante y apasionada parecía la vida!

—Quisiera—dije a Aire aquella noche—volver a vivir otra vez, hora tras hora, todos estos días que tú y yo hemos vivido juntos.

4

Al día siguiente era la fiesta del patrón del pueblo, fiesta de agosto, celebrada con procesión, corrida y velada. Ya conoce las costumbres estivales de Andalucía. Cada pueblo, cada ciudad tiene su santo patrono o su santa patrona, y como si los hubieran elegido expresamente, la fiesta de casi todos ellos cae en pleno rigor estival.

Fuera del pueblo acampa una tribu de gitanos que chalanean en jacos viejos y burros anémicos. Por las calles van erguidos, cetrinos. Ellas arrastrando la falda con majestad de reina antigua, el niño arrepernado sobre la cadera y un canastillo vacío al brazo; ellos con una vara en la mano, sombrero de ala ancha derribado hacia la nuca como una aureola. Y ellos y ellas prestos a caer sobre el inocente o el descuidado, seguidos, por si fuera poco, de una patulea de gitanillos medio desnudos, al aire el vientre moreno como un perol de cobre y los pies descalzos trazando con gracia instintiva unos pasos de baile.

¡Mañanas de julio y agosto con repique de campanas, en sombra las calles entoldadas y alfombrado el suelo de romero y juncia! El aire tiene una vivacidad, una frescura nueva, las gentes pasan sonrientes, alguna música tosca suena sus cobres en una plaza lejana. De pronto el repique se hace más intenso, vienen bocanadas de incienso y por una esquina antes solitaria se van congregando los curiosos: mujeres vestidas de claro y cubierta la cabeza por un velo o pañuelo, hombres con el sombrero en la mano y vestidos de oscuro.

Aparece la procesión. Son primeros los tambores con seco y duro redoble, luego los monaguillos de rojo y blanco, con ciriales e incensarios, los curas de gesto hosco y rígida capa bordada, hasta que al fin aparecen las andas de plata, con flores y faroles encendidos a pesar de ser mediodía, en torno a un San Rafael de alas doradas y un pez rosa en la mano; o un San Cristóbal de pierna y brazo arremangado con el niño sentado sobre un hombro; o un santo obispo de mitra y báculo, el gesto extático y beatífico, mientras una paloma sujeta a una varilla clavada en el cuello del santo varón parece rondarle la sien y arrullarle secretos divinos. ¡Qué sé yo cuántos santos más!

Tras de la procesión vienen las viejas, las terribles viejas españolas, vestidas de negro con escapularios inmensos sobre el pecho y vela rizada en la mano, un pañolillo de encajes interpuesto entre la cera y la mano flaca, mientras la otra mano enguantada golpea el pecho, apretando al mismo tiempo el rosario descomunal y el devocionario de cantos dorados.

Cuando todo ha pasado, aún queda flotando en el aire el perfume de las flores y del incienso, el eco árido del tambor y las trompetas. Entonces nace cerca, dulce como una reminiscencia de la edad de oro, el son de un pífano alegre y saltarín. Aparece un mozo engalanado con su traje negro de fiesta: alamares de seda y plata en la chaqueta corta, la faja ceñida a la cintura esbelta, el cordobés terciado, asomando sobre la oreja un ramito de biznagas. Infla el mozo los carrillos soplando el pífano, mientras detrás le sigue sujeto de una cuerda un ternerillo rubio y blanco como una ninfa encantada. Es la rifa, la lotería de la hermandad, con la cual se costean los gastos de la fiesta. ¡Oh delicia del tiempo ido, de las mañanas estivales de esta tierra perdida!

A la tarde, después de la corrida, se abre el baile. Todas las parejas en ronda giran una tras otra dentro del círculo de la plaza. En torno hay puestos de turrón y alfajores, de chocolate y buñuelos, de sandías y melones. En otros se venden juguetes, cintas y aguas de olor, baratijas de cobre o filigrana. Suena en tanto la musiquilla ratonera de algún tiovivo, caballitos o cunitas. Recita altisonante algún maese Pedro de ojo tuerto, en ristre su cartel con terroríficas pinturas de almagra y añil. No cesan un punto los chasquidos del tiro al blanco, y en torno a esa algarabía aún forman un halo las voces de vendedores y farsantes.

Pero el espectáculo principal, la atracción magna comienza cuando el sol se ha puesto. Entonces las gentes se congregan allá en la alameda dejando desierto el prado donde están las barracas. Van a comenzar los fuegos de artificio, los cohetes, las bengalas. Un chasquido preliminar los anuncia, un

77

silbido que rasga el aire, y el primer cohete salta en la noche abriendo su cola de oro encendido y fugaz. Las gentes lo miran con ojos de encanto y maravilla. Antes de que se apague éste surge otro, y después otro y otro. ¿Cuántos? Pronto el cielo profundo de la noche está lleno de chispas irisadas como la cola de un pavo real.

Después vienen las ruedas, los anillos crepitantes tal estrellas en ignición. El embobamiento aumenta. Los ojos no parpadean. Pero algún bribón se aprovecha de eso para merodear bolsillos y faltriqueras. Si no son las manos atrevidas de algún galán desconocido, que levanta pellizcos desaforados sobre las posaderas de la moza que vino allí inocentemente a buscar un momento de esparcimiento. En la oscuridad, en el bullicio y confusión, ¿quién adivina cuya es la mano que roba o que acaricia? Nunca mejor se cumple el precepto evangélico de «no sepa tu mano derecha lo que hace tu izquierda».

Al fin, para colmo de arrebato y derroche, viene la traca. Allí es el trocarse el silencio expectante en alaridos, gritos y revuelcos. Entre las apreturas de niños, adultos y ancianos no cabe una aguja. ¿Da a luz alguna embarazada? En todo caso poco le falta. Ya se llevan a éste con un pie desvencijado de un pisotón feroz, ya a aquella insultada y llorosa de ofensa anónima o dolor súbito. ¡Oh encantos, delicias y transportes de las fiestas de esta tierra y esta gente! Quien no te conoce, Andalucía, no conoce nada.

Pesaroso y preocupado andaba yo aquella noche entre la animación de alegre gentío. Buscaba a Aire. En todo el día sólo le había visto un momento por la mañana, antes de que saliera camino de la ciudad a buscar algún pertrecho que aún nos hacía falta. Yo no le había acompañado porque quería ver las fiestas del pueblo, nuevas para mí, y con las cuales pensaba decir adiós a Sansueña.

Aquella noche era la que habíamos elegido para sacar la estatua del mar. Noche más tranquila no podía hallarse, estando la gente toda en la alameda o en el prado, distraída con la fiesta y sin que a alma viviente se le ocurriera aparecer por la playa. Aunque allí era donde pensábamos reunirnos, creí sin embargo que Aire aparecería antes por la alameda. Pero no lo vi.

Me sentía angustiado sin saber por qué, y lo atribuí a esa pena vaga que un viaje próximo despierta en ánimos como el mío. Di vueltas entre las gentes sin que la animación de la velada distrajese mis aprensiones.

En la buñolería, sentados a solas y conversando ensimismados, vi a Guitarra y Olvido. Era la tercera vez que aquel día los hallaba así, juntos como novios o cómplices, separados de los demás por una intimidad extraña. No dejó aquello de sorprenderme, porque el día anterior había oído a Olvido hablar de Guitarra con indiferencia si no desdén. ¿Era la vieja alcahueta quien había conseguido conciliar y atraer ánimos antes tan distantes? Pronto iba yo a conocer cómo en ello no hubo otro artífice que el rencor y despecho de la propia Olvido. Su alma era toda odio, y al caérsele aquella máscara de amor quedó desnuda la hermosa furia que ella era.

Guitarra estaba radiante. Apenas si alguna vez un pliegue nublaba su entrecejo. Pero Olvido lo miraba, le hablaba poniendo su mano y su brazo sobre el hombro de él, y otra vez parecían abstraerse del gentío que los rodeaba. Centelleaban los ojos de ella lo mismo que cuando la vi azotar las flores de su reja. Varias veces los encontré aquella noche. Pasearon, bailaron, siempre juntos en charla intensa e íntima. Luego desaparecieron y ya no les vi más.

¿Cuánto tiempo transcurrió? Para distraer el abatimiento, que yo achacaba a mi intermitente melancolía, bebí bastante. Di vueltas por la alameda, compré en los puestos baratijas que no necesitaba, tiré al blanco no sé cuántas veces apuntando siempre en vano, dada mi ninguna destreza, a una extraña cabeza de Gorgona, con grandes aretes de latón dorado en las orejas, que tenía una vaga semejanza, o yo así lo creí entonces, con Olvido. Los últimos cohetes se habían apagado ya, y todavía algún organillo repetía por centésima vez un tango andaluz dejoso y sandunguero. Pero apenas quedaba gente en la velada, si no eran esos tercos trasnochadores veraniegos, que juran no acostarse hasta que comienza a amanecer.

Pensé que debía ser ya la hora señalada para reunirnos. Puesto que Aire no había venido a la velada, estaría con los últimos pertrechos esperando en la barca. ¿Y Guitarra? ¿Se acordaría de nuestra cita? Muy amartelado le había visto yo con Olvido, para que dejase antes de medianoche su flamante amorío y se lanzara a aquella empresa que yo mismo comenzaba a mirar como descabellada. Sin él poco podíamos hacer.

Aire y Guitarra, que eran dos buenos nadadores, debían arrojarse al agua desde la isleta, llevando fuertes sogas prevenidas para el caso, y bucear por el fondo donde suponíamos sepultada la estatua. Mientras yo, que entonces sabía poco de natación, vigilaría desde arriba, en las rocas, por si alguna barca aparecía a lo lejos, y si el caso llegaba manejando los artefactos primitivos que para sacar a flote la estatua habíamos instalado allí noches atrás.

Dejé al fin la alameda con paso inseguro, porque la traidora manzanilla se había subido a mi cabeza más de lo que yo esperaba. Atravesé la plaza, desierta a aquella hora y apagados los farolillos de colores con que en honor del santo patrón y de su fiesta la habían engalanado. Al entrar por unas callejas que desde la plaza desembocaban en el pretil de la playa, allá junto a una hornacina con una virgen vestida de azul, vi a Petunia parada como si rezase. Su presencia inesperada, su actitud allí a aquella hora, casi me sobrecogieron. Iba yo a retroceder, cuando distraída de su rezo por mis pasos, volvió en sí. No pude ya eludir su encuentro, y al acercarme, en la cara llena de angustia no hallé rastro de aquel gesto burlón suyo habitual.

—¿Has visto a Aire?—me preguntó tuteándome como tuteaba a todo el mundo.

—No—le respondí.

—¿Dónde estará?

—Eso mismo me pregunto yo.

—Tú le quieres—me dijo. Y su afán profesional la distrajo un momento, continuando con malicia voluble:—No me lo niegues. Lo sé. Lo quieres como a las niñas de tus ojos. Con él te piensas marchar del pueblo.

—¿Quién te lo ha dicho?

—Poco importa ahora. Dime dónde está, si lo sabes. Y si no quieres, no me lo digas. Pero vela por él.

Recordé sus arrumacos del día anterior, y al rumor de sus palabras mis preocupaciones comenzaron a concretarse, como el ruido de la tormenta fija a esa aprensión oscura y vaga que la precede.

—¿Qué pasa?—exclamé—. ¿Qué sabes de él?

—No me lo preguntes, que no lo sé. Estaba ciega. Aquí nadie le quiere bien, porque dicen que es un descastado y un mala sangre, como su madre, que bastantes trastadas me jugó, Dios la haya perdonado. Pero yo nunca lo miré con malos ojos.

—Os equivocáis—le dije, y quise marcharme. Pero la vieja dichosa no soltaba mi brazo, que tenía agarrado con ambas manos.

—Lo creo, hijo, lo creo. Pero, ¿qué vamos a hacerle? Ya no tiene remedio. Mira—continuó—, no sé si lo creerás: ni a la velada he ido; no tenía ganas. Ahí en la iglesia me entré a rezar un rosario. Por algo que no te diré, no podía apartar a ese mocito de mi memoria. Pedí por él, y cuando con más devoción estaba rezando, una vela, un cirio de los mayores a la verita del santo, se apagó de pronto como si alguien lo hubiera soplado. ¡Ay, virgen santa! ¿Qué desgracia ronda a ese niño? Yo no lo quiero mal. Dios mío, protégelo. Y tú, ¿qué haces ahí? Tú sabes dónde está. Corre, búscalo antes de que sea tarde.

Algo había en su voz que me hizo olvidar mi temor a que descubriera nuestro proyecto, y sin pensarlo más, sin ver tampoco cómo se puso en camino tras de mí, salí corriendo en dirección a la playa. El reloj de la iglesia dio una campanada. Era mucho más tarde de lo que yo creía, y la hora de nuestra cita había pasado hacía largo rato.

Cuando llegué a la playa no hallé a nadie. Era la noche honda y silenciosa, y el mar oscuro alentaba quedamente con un chapoteo soñoliento. Mis temores se calmaron, pero dentro quedaba un resto de zozobra. ¿Era porque mis planes podían fallar? ¿Era a causa de Aire? No hubiera sabido decirlo.

Anduve por la playa, intentando en medio de la oscuridad divisar las rocas de la Pena Muerta. Había hecho mucho calor durante el día, y el aire estaba denso y cargado. Comenzó a invadirme ese cansancio, esa modorra de las noches calurosas junto al mar; una fatiga intranquila en la que creía oír voces, ver figuras confusas.

Iba a dejarme caer sobre la arena, cuando de pronto una sombra, brotando entre los peñascos, allá junto a la orilla, cruzó rápida sin verme. Se detuvo a los pocos pasos, si no hubiera dicho que era un sueño. Y una voz llena de pasión, atravesando mi pecho como un cuchillo, gritó:

—Ahí está, mátale. Mi cuerpo por su vida. Tuya soy, pero mátale.

Mi somnolencia cesó, y todos los presentimientos que habían ido advirtiéndome sin yo querer percibirlos, se cumplían ahora con fatal precisión. Oí a lo lejos un golpe rápido, seguido de un chapotear entrechocado, como de cuerpos que se agitaran en las olas. La luna, rasgando el vapor pesado que la velaba, vino entonces a iluminar la playa.

No sabía nadar. Pero desnudándome me lancé al mar desesperadamente, para luchar por mi propia dicha, que allá a pocos metros se hundía, y si no salvarla, quería al menos morir con ella. Avancé un poco. La marea, aunque suave, me arrastró. Vi que mi deseo loco de morir iba a realizarse. No podía más; quise sostenerme flotando, pero el agua comenzaba a sofocarme. De pronto vi surgir una masa oscura acercándose adonde yo luchaba con el mar, y sentí un choque violento, un golpe duro en el hombro, como si alguien me derribara con una maza. Quise gritar, pedir ayuda, no para mí, sino para alguien que en aquel momento, antes de desvanecerme, apareció en mi memoria como último recuerdo de la vida. Cuando volví en mí estaba tendido en una barca, al lado de la vieja Petunia.

—¿Dónde está Aire?—le pregunté—. Maldita, déjame al menos morir en paz.

—Calla y espera. ¿No ves cómo yo espero?

—Allá, allá—dijo otra voz al extremo de la barca. Luego, erguida sobre la noche, apareció la figura de Olvido. —Mira—gritó ansiosamente a Petunia—. Alguien viene.

Por el mar avanzaba un rumor lento, como si un nadador se acercara adonde estábamos. Creí tener el corazón entre los dientes, y sentía deseos de morderlo, de escupirlo sangrante sobre las olas. Pero seguí allí quieto, esperando la verdad, ciego de afán y sin fuerza alguna. No veía nada.

—¡Aire!—exclamé.

Y una voz llena de compasión y remordimiento, la de la vieja, respondió:

—No le llames más. Está ahí, pero es Guitarra quien lo trae.

Entonces del mar oscuro vi destacarse la sombra de Guitarra, y junto a él flotar un cuerpo inerte, sobre el cual se posó un momento la luna. Lo saqué del agua, tomándolo en mis brazos, estrechándolo contra mi pecho sin decir palabra. Los otros debieron remar hacia la playa. Yo no recuerdo. Sólo sé que me vi otra vez en la arena, y oí a Petunia que a mi lado decía sordamente:

—Iros los dos de aquí. Compasión os tengo a vosotros más que a éste. ¡Rey mío! Más hermoso estás aún que cuando vivías. ¿Te hicieron mucho mal, niño?

Guitarra tomó por un brazo a Olvido y juntos huyeron como una sola sombra. Petunia y yo quedamos silenciosos junto al cuerpo de Aire.

La noche iba pasando. Unos pescadores que antes del amanecer debían hacerse en su barca al mar, nos hallaron allí, y llamaron gente. Pronto la noticia corrió por el pueblo. Aquellos que la noche anterior charlaron y rieron, acudían ahora a medio vestir, aún con sus trajes de fiesta. Alguien trajo una manta sobre la que pusieron el cuerpo de Aire, y un farol que dejaron encendido a la cabecera. Aún vi brillar a aquella luz las vetas de oro del pelo caído sobre los ojos. Luego el alba mató ese resplandor, y en corro, callados todos, seguimos aguardando a que llegara el cura. Petunia de rodillas rezaba en voz baja.

—¿Qué más puedo decirle?—agregó Don Míster—. No quise que nadie sino yo cuidara del cuerpo de Aire. Como no tenía familia, ninguno se opuso. Me daba pena enterrarle, y al anochecer, en un lugar distante de la playa, hice una hoguera y sobre ella pusimos su cuerpo. Vi cómo las llamas lo fueron cercando hasta cubrirlo, hasta consumirlo.

Ya conoce el cementerio de Sansueña, allá sobre la roca, a pico sobre el mar, lleno de rosales y cipreses, de nidos de pájaros, de paz. Allí están en una urna de mármol blanco las cenizas de Aire. Allí también quiero estar yo un día.

Me da miedo la muerte, como a todos. Pero saber

que del lado de la muerte están los que uno amó,
nos deja ya ausentes de la vida. A veces deseo, no
morir, sino haber muerto ya, estar muerto hace años,
siglos. Otras pienso que será una pena no ver más
esta tierra y este mar. Porque en la vida no hay más
realidades que éstas: un destello de sol, un aroma
de rosa, el son de una voz; y aun así de vanas y
efímeras son lo mejor del mundo, lo mejor del mundo para mí.

Por eso estoy aquí, por eso no quiero marcharme.
¿El recuerdo? No quiero ser hipócrita. Casi no tengo recuerdos ya. Al referirle esta historia me parecía
que la iba inventando y olvidando. Estoy aquí porque
amo esta tierra, nada más; esta tierra que es como
una flor cuyo aroma no me cansa nunca y que siempre es nuevo para mí. Lo demás de la vida me parece un espejismo, igual a esa agua que se finge en
los arenales desiertos y que desaparece al llegar a
ella los labios sedientos.

De Olvido y Guitarra nada supe. Huyeron del
pueblo. Todos creyeron que la muerte de Aire fue
un accidente. La superstición de esta gente, la fama
de raro que él tenía, el lugar y las circunstancias de
su muerte, lo explicaron todo sin aclarar nada. Petunia murió meses después.

Aquí calló la voz de Don Míster. Como la noche
había caído por completo, nuestros cuerpos estaban
perdidos en la sombra. No quedaba otra luz sino
el destello fugaz y repetido del faro, que se había
encendido allá lejos poco antes.

El sarao

[1942]

Como los hombres, también las palabras pueden tener su historia; mas para que nos la refieran, también como los hombres, hace falta ganar primero su corazón.

La palabra colocada al frente de estas páginas hace largos años que preocupa mi fantasía. Siempre he evocado, al oírla, algo fastuoso, ardiente y remoto, que brillaba como diamante escondido entre los bucles de una cabellera o susurraba como rumor de seda que se desliza nocturnamente sobre escalinatas de mármol.

Pero al mismo tiempo cierta melancolía, filtrándose quizá en sus sílabas desde los labios portugueses que tantas veces la repitieran en siglos pasados, velaba esa luz y ese rumor.

Confío que por una vez la realidad no sea hostil con los sueños, y sin deformarla demasiado acoja en sí la historia entrevista por mí en una palabra, como esa vislumbre incompleta de otras existencias que percibimos tras los vidrios iluminados sobre una calle oscura.

I

—LAS HOJAS DE LOS CASTAÑOS ya amarillean por los bordes—dijo ella.

—Nuestro amor, que nació con las hojas esta primavera, ¿ha de ser tan breve?—dijo él.

Dos sombras de un gris azulado flotaban oscilantes ante sus pasos sobre el sendero. Caminaban juntos, cobijándola él bajo los pliegues de su capa, la rubia cabeza femenina apoyada en el pecho ceñido por uniforme azul y oro. La falda blanca rozaba el charol de las altas botas varoniles, acompañando al ritmo lánguido de sus pasos el son de unas espuelas, y el jadeo de un perrillo de aguas que les seguía añadía una nota irónica a aquel rumor marcial.

Sobre ellos, por la avenida, las ramas se entrelazaban formando una bóveda ligera y trasparente, en la cual, aquí y allá, la llama del otoño había prendido ya, y enrojeciéndola comenzaba a consumirla. Las dos figuras avanzaban esbeltas sobre el fondo plomizo de la sierra, cuyas cimas tenían una coloración tormentosa en el cielo del atardecer, lleno aún de luz pálida donde las nubes se fundían con insinuación de nieve.

—¿Por qué esta separación nuestra?—preguntó ella con dejo impaciente.

—Los enamorados no deben olvidar que viven en el mundo, amiga mía—respondió él.

—Esa guerra, esa guerra inútil...

—Yo no podría gozar al quedarme aquí, mientras otros luchan y mueren para defender esta paz y este silencio que protegen nuestro amor.

Ella alzó los ojos hacia su amigo, y le miró en los suyos grandes y oscuros, que a su vez la contemplaban con melancolía; vio la cabeza morena, en cuya piel lampiña apenas si la barba naciente, unida al pelo corto y rizoso, formaba dos bucles junto a la oreja, sobre el cuello alto y bordado del uniforme.

—¿Es quizá nuestro amor lo que está en peligro? —dijo entonces.

—¡Quién sabe! Cuando el niño loco arroja piedras al árbol cargado de fruta cuyas ramas no alcanza, pone en fuga los pájaros que en él anidan; también nuestro amor ahora bate el ala ante la tormenta que se cierne sobre nuestra tierra. ¿No es uno el amor con la tierra que lo sustenta?

—¡Oh, Lotario! Cómo detesto a ese soldadote, avariento de tierra y pródigo de sangre.

—Te quejas de él lo mismo que de tu perrillo faldero cuando rompe con sus dientes tu chal de blondas o los volantes de tu falda—dijo Lotario con una sonrisa, mirando tiernamente a su amiga, cuyos ojos verdosos brillaban sobre la faz rosada y blanca. E inclinándose sobre ella la besó, añadiendo:—Si ese soldadote, como le llamas, estuviese ahora aquí, sin duda le amenazarías con unos azotes, como al pobre Fidelio cuando te desobedece.

El perro, al oír su nombre, corrió con rápido trotecillo hasta unirse al grupo de los dos amantes, vuelta la cabeza hacia su dueña, con la lengua fuera del hocico en cansado alentar. Ella, alzando un dedo, extendió hacia Fidelio el brazo dejándolo suspenso en el aire unos momentos en son de advertencia y de reproche.

—Mira, Diana—dijo él señalando a un lado de la alameda la estatua de bronce de una diosa, que inclinada al borde de su fuente ofrecía una corona—. ¿Te acuerdas aquella tarde de la primavera pasada, cuando yo quise recibir el trofeo que la diosa siempre ofrece, sin encontrar quien a él aspire? Trepando al pedestal a riesgo de caer en el agua, me arrodillé ante ella para recibir su corona; y entonces, sobre los labios entreabiertos en su faz oscura, como si su aliento lo estremeciera, vi agitarse un tallo de hierba suspendido de su nariz por una tela de araña. Era mi propia respiración, al acercarme, quien lo moviera, pero aquello me infundió un temor supersticioso. No me atreví a besarla, y descendí del pedestal. Tú te reías de mí, llenándome de confusión y de vergüenza.

Ella, al verle detenerse, vagamente atraído por la estatua inclinada sobre el haz verdoso del agua allá en la oscuridad húmeda del ramaje, tuvo una risa ligera, y llamando a Fidelio, huyó por la avenida mientras lanzaba estas palabras con acento de burla:

—Ven, Fidelio. Vamos a dejarle solo y temeroso ante la gloria insensible, que es su prometida.

El perrillo, dando débiles ladridos, corrió tras de

ella. La silueta femenina flotaba en la brisa del atardecer, sacudiendo los bucles rubios de la cabellera, anudada por una cinta sobre su frente breve y pura. Lotario la siguió también y al darle alcance la estrechó entre sus brazos con deseo apasionado e impaciente. Mas ella, desasiéndose como abstraída, se inclinó sobre la hierba para coger un aster de corola morada, y lo puso en la mano de él. Él lo llevó a los labios con ademán lento, guardándolo en su pecho después. Fidelio saltaba en torno de los dos amantes, hasta que éstos, vueltos en sí, continuaron su caminar.

Tras ellos, al fondo de la avenida, la sierra había ido ensombreciéndose, y apenas si sobre las cimas flotaba ahora la luz rasgando las nubes en estrías sangrientas. Frente a ellos, tras las copas de unos pinos, a través de las agujas del follaje, traslucía una masa de piedra gris y ocre que remataban agudos tejados de pizarra erizados de chimeneas. Al desembocar de la avenida, entre la tierra oscura y el cielo pálido, donde ya brillaban algunas estrellas, apareció un ala del palacio.

Aunque las frondas lo hacían indiscernible casi bajo el crepúsculo, la vastedad de sus proporciones parecía atenuarla cierta sobriedad casi ruda. Rejas de hierro enmascaraban las ventanas bajas, y aquí y allá, en su fachada, se abrían arcos sostenidos por columnas, pero éstas eran de piedra, no de mármol, y aquéllos no se levantaban encima altos y esbeltos, sino achaparrados como en soportal de plaza pueblerina. Desde los jardines, a través de un porche, se veía el patio empedrado de guijas blancas y negras; la hierba había brotado a trechos, dejando un espacio desnudo que desde el arco de entrada iba hacia el vestíbulo, con su vasta escalera de tramos hondos, hechos para subirlos sosegadamente.

Llegados ante el porche ella se detuvo, y volviéndose a contemplar el parque, dijo:

—Ahora a toda mi dicha debo decirle adiós.

—No adiós, amiga, sino hasta luego—dijo él. Pero ella, mirándole con melancolía irónica, entró silenciosa en el patio.

Sobre los aleros, donde tenían su guarida los vencejos, el vuelo de éstos, crepuscular y sigiloso, comenzaba a desplegarse en círculos. Una berlina de viaje estaba parada ante el vestíbulo, junto a cuyo dintel había dos criados, y el relinchar súbito de un caballo resonó en la oquedad del recinto, turbando la calma del atardecer.

—¿Quién ha venido?—preguntó Lotario al acudir uno de los criados a su encuentro.

—Don Octavio y don Beltrán, que han vuelto de la ciudad con el señor marqués de Mortefontaine —respondió aquél, siguiéndoles hacia el vestíbulo, mientras su camarada, tras de encaramarse al pescante del coche, tomó las riendas y guió la berlina, cuyas ruedas batieron con estrépito el desigual empedrado, en dirección a las caballerizas. Allá dentro, retumbando bajo una bóveda, canturreaba una voz varonil, entre el rumor de agua que corre, sacudir de hierros y pisadas impacientes de caballos.

El frío y la oscuridad de un crepúsculo otoñal les sobrecogió al entrar en el palacio. Deslumbrados, quedaron quietos un momento, como ciegos que piensan su camino antes de recorrerlo. El criado, tomando un candelabro que reposaba encendido sobre el barandal de piedra, lo alzó en la mano volviéndose hacia ellos. El resplandor múltiple de las bujías, absorbido por el terciopelo rojo de su casaca, le hacía aparecer como llama él mismo, y solemne y erguido, con pompa más religiosa que cortesana, comenzó a subir precediéndoles.

Lotario, al sentir un escalofrío que estremecía bajo su brazo la cintura de ella, la acercó aún más hacia sí, agasajándola bajo su capa con solicitud de amistad y de amor. El tintineo de las espuelas y la ondulación de la falda blanca morían y renacían, como cuando una rima se extingue otra idéntica la sucede, el compás de cada escalón. Pasaron junto a un Apolo de mármol que con la mano en alto, sosteniendo una lira inexistente, presidía sobre su pedestal el rellano de la escalera, los ojos sin pupila vueltos hacia el techo y sus labios entreabiertos como al soplo lírico.

Desde arriba caía sobre la escalera un resplandor vago, que a través de puertas y cortinajes se adelantó al encuentro de los dos amantes, hablándoles como si fuese su propia voz con las notas frágiles de un clavicordio que alguien tocaba allá dentro en el salón.

—Tu abuela tiene tertulia esta noche—dijo él.

—¡Pobre abuela! Déjala que olvide sus años.

—Eso es lo que nunca olvida, aunque haya podido olvidarlo todo.

Habían llegado arriba, y el criado, tras de dejar su candelabro sobre una consola, ante el alinde de un espejo, que ahondándolo misteriosamente copió el temblor amarillo de las bujías, se adelantó a abrirles una puerta.

Era una habitación no muy grande, a lo largo de cuyas paredes descendían desde el techo abovedado molduras de oro deslucido, entre las cuales aparecían pintados vagos paisajes, con inmóviles cascadas, frondas lujuriantes y aves de plumaje brillante posadas aquí o allá como flora extraña. Al adelantar el pie sobre el tapiz, aquel decorado daba al visitante la sensación de quedar prisionero en una jaula que colgase sobre un bosque tropical. El único punto brillante en la penumbra era el ojo plutónico de la chimenea encendida, a cuyo calor parecían reanimarse los cuerpos viejos que se agrupaban por el salón.

En la pared, sobre la chimenea, aparecía un gran espacio desnudo: de allí habían descolgado el retrato en que Mengs, cincuenta años antes, fijara la hermosura efímera de doña Casilda Tisbea, entonces prometida del conde de Lodeña, sentada sobre un banco de mármol al pie de un sicomoro, oprimiendo un colibrí contra sus pechos casi desnudos, altos y breves, y en los labios de carnosa pulpa una sonrisa de virgen que presiente el placer ya cercano.

Así como cuentan de cierta bella veneciana que se retiró del mundo, reclusa hasta la muerte, al presentir la decadencia de su hermosura, para que quienes la conocieron en su triunfo no la conocieran en su ruina, el modelo de aquel retrato, al envejecer, había perseguido con saña todas sus efigies juveniles, rompiendo miniaturas, rasgando lienzos, y por misteriosa razón sólo aquél quedó respetado, aunque se le descolgara y guardara bajo llave en un rincón impenetrable.

Lo que quedaba de aquella vida que tan cruelmente mantuvo las prerrogativas de la hermosura, allá estaba sentada en un sillón, envuelta en su saltaembarca de seda y pieles, bajo la peluca inmensa que, aun cuando la moda hubiera ido rebajando su elevación, con bucles, cintas, plumas, todavía figuraba vagamente el velamen de un navío, erguido el perfil altanero bajo la montaña de perifollos. De sus labios pendía una pipa de porcelana, y fuese a causa del humo o fuese somnolencia, tenía los ojos cerrados. Tras de ella se veía la esfera de un globo terráqueo, y su mano envuelta en mitón de blonda descansaba sobre un velador, junto a unos libros. En torno a su sillón, como cortesanos al lado de un trono, estaban los contertulios.

Pero la tertulia de doña Casilda Tisbea merece capítulo aparte.

2

Primeramente, sentada en un taburete al pie de
doña Casilda Tisbea, estaba Lucinda, la camarera y
confidenta, quien al comparar sus cincuenta años
corridos con los setenta de su ama aún se sentía lo
bastante juvenil para coquetear vagamente con el
marqués de Mortefontaine y con don Beltrán, el
menor de los dos hermanos de la condesa, que en
tiempos atrás quizá la persiguiera por los pasillos
para robarla un beso o una caricia. Don Octavio, el
hermano mayor, estaba protegido contra tales ga-
lanteos por su propia timidez, que Lucinda conocía por experiencia, a pesar de no ser muy osada en
las lides de amor. En el atavío de la confidenta
había reminiscencias de *soubrette:* delantal minúscu-
lo, falda corta, lazo al cuello, y por la comisura de
los labios un mohín, que pícaro antaño, ahora ya
marchito sólo era arruga. En aquel momento respiraba con dificultad, porque al abandonar el clave
donde había estado tocando y buscar asiento, cierta
carrerilla dengosa le produjo palpitaciones.

Después venían los dos hermanos, el mayor, don
Octavio, sentado al lado de la condesa, y don Beltrán, en pie junto a la chimenea. Ambos flacos y
morenos, eran muy semejantes, tanto que muchos
les tomaban por gemelos a primera vista, y sólo
poco a poco surgían las diferencias. Don Octavio,

a quien en su juventud llamaron Tirsis los amigos, parecía escuchar aún los aires de otro tiempo que Lucinda reviviera sobre el teclado, y jugaba abstraído los dijes de su reloj entre los dedos de la mano izquierda, mientras el brazo derecho descansaba en el escote de su chaleco color muslo de ninfa conmovida. En su juventud había leído a Rousseau, y quizá por eso ahora herborizaba, aunque ya no leyese aquellos libros que, según él creía, ocasionaron los horrores de una revolución en un país amado, y de cuyas doctrinas perniciosas era víctima el marqués de Mortefontaine, amigo y deudo suyo. Se susurraba además que tocaba la flauta, pero como era en extremo púdico de sus gracias nadie pudo jamás comprobarlo, ni siquiera levantándose a media noche, que era la hora favorita de don Octavio, yendo de puntillas por la galería a escuchar a través de la puerta cerrada de su habitación; y si alguno pretendió haber oído unas vagas notas metálicas, que le parecían provenir de una flauta, a la mañana, con la cabeza despejada, se desdecía, pensando que después de todo acaso fueran las ranas que croaban en el estanque grande a la luz de la luna.

Luego, de pie ante la chimenea como ya se ha dicho, tanto para calentarse mejor como porque en esa postura creía mitigar el dolor que un ataque de gota le producía en la pierna izquierda, estaba don Beltrán, más que moreno, curtido, y más que flaco, amojamado. Había sido oficial de la armada real, y alguna vez le gustaba recordar sus viajes por tierras americanas, de donde trajera una negra y un colibrí (el mismo que doña Casilda Tisbea oprimía contra su pecho en el retrato de Mengs); una negra que en día malhadado se escapó con el cochero, guapo mocetón, llevándose además del colibrí la confianza que su señor pusiera en el amor de las mujeres. Escéptico desde aquel día y deshecha la armada real después de Trafalgar, para ocuparse en algo se dedicó a trabajos de carpintería fina, que no podían rebajarle puesto que habían sido afición de testas coronadas y él sólo era un segundón, y a cuidar una gota incipiente que según malas lenguas fuera consecuencia de cierta recatada afición al alcohol. El único indicio de un pasado militar visible en su figura era el alto y apretado corbatín, que le hacía erguir la cabeza como en busca de aire.

Por último el marqués de Mortefontaine completaba el grupo sentado en otro sillón frontero a doña Casilda Tisbea y al lado de don Beltrán. Ocultos los dedos cortos y gruesos por los encajes deshilachados de sus puños, ya que le importaba menos exhibir su pobreza que la tosquedad de sus manos, tamborileaba nervioso sobre el brazo del sillón. Siempre parecía estar impaciente, y los demás atribuían esta impaciencia ensimismada, primero a sus desdichas de aristócrata perseguido por la revolución, y después a su condición de emigrado sin fortuna. Emparentado lejanamente con la condesa y sus hermanos por la línea materna de éstos, le habían acogido entre ellos si no con simpatía al me-

nos con generosidad; y las señas de pobreza visibles
en el atavío del marqués, telas ajadas, bordados
deslucidos y zapatos de tacón roto (a los encajes
deshechos ya se hizo antes alusión), no eran atri-
buibles tanto a la mezquindad de sus parientes como
a avaricia suya contraída después de las escaseces de
la revolución y el destierro. Aunque Lucinda le lanzaba algunas ojeadas de incitativo melindre, siendo
como era el más joven de todos los contertulios y el
que mejor conservaba los restos de una apuesta apariencia, no parecía apercibirse de ello, embebido en
sus propias cuitas y atendiendo sólo a la condesa
con tal o cual cumplido, ya por cortesía galante con
una dama, ya por deber de huésped forzoso. Cuando Diana y Lotario entraron en el salón, él se incli-
naba con prisa oficiosa para recoger del suelo y de-
volver a doña Casilda el bastón de ébano que ésta
usaba, más por ser moda de su juventud que por
requerimientos de la edad, o al menos ella así lo
pretendía.

—Cerca de media hora os estuvimos esperando
antes de sentarnos a la mesa, y al fin tuvimos que
comer solos—dijo doña Casilda Tisbea al percibir a los jóvenes por entre los párpados entornados.
Aspiró su pipa, agregando:—Como de mi vida
no queda ya mucho tiempo preferiría emplear-
lo en cosa más sustanciosa que en aguardar a los
demás.

—Hacía una tarde tan buena, abuela—dijo Diana, e iba a continuar: «es la última que pasamos

juntos», pero estas palabras no pronunciadas las expresó con un suspiro.

—La culpa es sólo mía, señora—dijo Lotario.

El perrillo, que les había seguido hasta el salón, fue a encaramarse de un brinco sobre el regazo de la dama, quien al verlo dulcificó un tanto su expresión, acariciando el pelaje húmedo y friolento del animal. Los tres hidalgos se habían levantado al entrar los jóvenes, don Octavio y don Beltrán sonriendo casi inconscientemente al reflejo de su juventud y de su gracia.

—Señor marqués, tío Octavio y tío Beltrán, ¿qué se dice por el mundo?—preguntó Diana, en tanto los dos viejos hermanos extraían de los bolsillos de sus casacas menudos envoltorios atados con cintas de color, donde venían baratijas vistas en las tiendas y que la ternura inútil que llenaba sus corazones les había impulsado a adquirir, para regalar con ellas a la hermosa sobrina-nieta como si fuera una hija o una amante.

—Guerra y nada más que guerra—respondió sombrío el marqués—. ¡En qué tiempos vivimos, hija mía!

—Probablemente no mucho peores que los ya pasados—intervino Lotario, más para tranquilizar a Diana que porque así lo creyera.

—¡Ese hombre endemoniado—continuó el marqués sin escucharle—, ese engendro de la revolución, que se ha desatado sobre los infelices reyes de Europa!

La risa de Diana le interrumpió, volviéndole en sí.

—Perdóneme, marqués—dijo ella—. Pero me parece que hoy los reyes deben ser las gentes menos infelices de Europa. Al menos los nuestros bien seguros y tranquilos parecen allá en Francia como huéspedes del monstruo.

—¿Huéspedes? ¿Esas víctimas desdichadas, señora?—Pero reponiéndose se calló, volviendo a tamborilear nerviosamente sobre el brazo de su sillón, mientras pensaba cuán idénticas eran todas las mujeres: la misma actitud inconsciente tuvieron las de su tierra al acercarse la tormenta, diciendo que si no había harina bastante para pan bien estúpidas eran las gentes que no comieran bizcochos.

—Ya sabes, Diana—dijo la condesa—, cuánto me enoja oír tu charla cuando otros discuten, porque no piensas lo que dices y con parecer brillante te basta. Tras de tus palabras, como le ocurre a las de la cotorra, no hay juicio ninguno.

—Pero ¿qué rumores eran esos por la capital?—preguntó Lotario, cuando Diana ofendida con las palabras de su abuela iba a replicarlas.

—Que el invasor ha ocupado ya el país, que la Junta aún no se ha constituido, o se ha constituido mal, y que no hay ejército sino banda de descamisados.

—Para pelear no hace falta camisa, marqués—replicó la condesa.

—Basta—terció don Octavio—. Lo que sea, sonará. Diana, hija mía, ¿quieres tocar alguna cosa? Algo blando y amoroso.

—El aria «Non mi dir», de *Don Giovanni*—pidió don Beltrán.

—¿Y por qué no Gluck? ¿Las almas que llegan a los Campos Elíseos?—pidió el marqués irónicamente.

Diana se sentó ante el clave, recogiéndose un momento, su perfil en alto, traslúcido casi como luna matinal, ante la llama de las bujías que ardían en apretado ramillete sobre los candelabros de plata, y tendió al fin sus manos por el teclado.

La melodía brotó, agitando los dolores de aquellos seres cansados. Doña Casilda Tisbea miró el reloj sobre la chimenea, símbolo de la única fuerza que tiranizaba su vida, con su epicúrea inscripción esmaltada sobre la esfera: *Horas non numero nisi serenas,* y cerró los ojos. Otra vez veía una figura radiante e imperiosa, que fuera la suya en la juventud, ante la cual aún sin acompañarla el nombre y la fortuna se hubieran también abierto las puertas del mundo, tanto pesara en aquellos días idos el poder de la hermosura. El dolor de su desaparición la agitaba un punto, y quería recobrarla lo mismo que si fuera tal acorde de la melodía, que sonaba y desaparecía luego dejándola insatisfecha. Pero la música, alzándola a una consideración más desasida de la vida, traía consigo el bálsamo de su misma fugacidad. Y gracias a su encanto el sonido melódico, su hermosura, la vida, se sumían en la corriente fugitiva del tiempo de un modo menos cruel, como si esa desaparición tuviera alguna razón misteriosa y demasiado alta para la comprensión humana.

A su lado, sentada en el taburete, Lucinda escuchaba con la mente vacante. Miraba el perro adormecido en el halda de su ama, las llamas que se agitaban en la chimenea, y una sensación de calma y bienestar la poseía beatamente. En su alma la música no abría puertas sobre aposentos oscuros. Para ella los cuidados de la vida nunca fueron graves, porque siempre había dejado que otros se los resolvieran, sus cuidados eran tan simples que nadie halló difícil o enojoso el ayudarla a resolverlos. Un beso, cuando se tienen veinte años y un buen palmito, no es cosa que nadie niegue; y el pan de cada día y la yacija de cada noche, tampoco, si se tiene un poco de suerte. A eso se habían limitado sus preocupaciones en la vida, y aunque ahora los besos no caían ya como llovidos del cielo sobre sus labios, su naturaleza era prudente y confundía sin proponérselo la resignación con la saciedad.

Don Octavio, la mano en la mejilla y los ojos entornados, con triste voluptuosidad, pensaba cuán inútilmente dejara pasar la vida. Aquella melodía le hablaba de cosas ardientes que pasan en la intimidad de los seres, de placeres que redimen los cuerpos de su desaparición y parecen conferirles inmortalidad. Y se decía que había dejado pasar la juventud sin escuchar sus hermosas exigencias, pretextando pudores y tareas que en el fondo nada le importaban. Ahora era ya tarde, y si quisiera buscar aún esos placeres de que la música le hablaba sólo hallaría la burla de los demás, como viejo loco que pierde el sentido de su dignidad. Al agitarse inquieto en la silla vio reflejada su imagen en una cornucopia que colgaba frontera: la cara seca, los ojos consumidos, los labios amargos. ¿Era ésa la apariencia adecuada para acercarse al amor? Y procurando apartar de sí aquellos pensamientos, prestó de nuevo oído a la melodía como a quien nos cuenta una hermosa historia en la que ya no creemos.

Don Beltrán, recostado contra la chimenea, escuchaba con placer. La melodía era bella, sí. ¡Qué lástima no ir ahora a la ópera con tanta frecuencia como él quisiera, al vivir fuera de la capital, con esa dichosa guerra y los trastornos que ocasionaba! Pero la paz se haría pronto, y ya se desquitaría. ¿Había razón para pelear? ¿No se marcharon los reyes, dejando el trono libre y tácitamente resuelta la cuestión? Mas de pronto el pensamiento de que estaba razonando como un cobarde, haciéndole comprender, con la incertidumbre del presente, lo absurdo de esos placeres futuros que planeaba, le oprimió el corazón, y al atender más hondamente a la melodía halló que daba voz a su repentina zozobra, diciendo a los otros sus propias dudas con mayor clarividencia de la que él mismo era capaz. E irguiéndose, como quien se dispone a afrontar algo cuyo desarrollo es largo e incierto y la única certeza la halla en su propio valor, siguió escuchando la voz de la música, sin sentir casi los dolores que la gota producía entonces en su pierna.

El marqués, al brotar las primeras notas, sus nervios caídos en súbita lasitud, llevó sobre los encajes de su camisa la mano al corazón. Aquella melodía la había escuchado él años atrás, en su juventud, en su fortuna, al lado de alguien que le amaba, los dos sonrientes, descuidados; y ahora aquella mujer estaba muerta, y él andaba pobre y huido, lejos de su tierra y de sus gentes, que nunca más volvería a ver. Y aunque volviera, ¿serían ellos, los que sobrevivieran y él, los mismos? ¡Qué historia tan cruel es la vida! Una ola de lágrimas parecía que iba a ahogarle, y su trastorno fue tan vivo que le hizo refugiarse en el hueco de un balcón, donde entre las cortinas no llegaba tan claramente la música, que tras de despertar su dolor parecía hacer burla de él.

Lotario, acodado en la caja pintada del clavicordio mientras volvía las hojas sobre el atril, miraba a Diana inclinar lánguidamente la cabeza unas veces, otras mecerla con el ritmo más vivo, la mirada perdida en el aire un trasporte que él le conocía bien de sus momentos de placer. La melodía no le decía nada ahora, nada que no fuera su propia delicia, porque era la primera vez que la oía, y su mente juvenil no llevaba aún el peso de los recuerdos. Pero le parecía como si esa melodía le apartara de Diana, llevándola a un mundo donde él no estaba. Y sentía celos, unos celos extraños, no porque alguien pudiera robarle su amor, sino porque comprendía cuán ajenos eran después de todo el uno al otro. Podían yacer juntos abrazados, y sin embargo ése era sólo un momento pasajero: ella quedaba siempre fuera de él, llevando consigo prendido, tal una flor o una joya, el amor de Lotario, y éste sentía el dolor vivo que le ocasionaba el desgarramiento constante de su persona, siendo él todo el amor, y la cosa amada estando fuera de él, no fundida para siempre con su existencia.

¿Y ella? Ella seguía inconsciente frente al teclado, ajena a los sentimientos encontrados que levantaba, como la música misma que manaba de entre sus dedos, bella y pura, olvidada de todos mientras todos tenían sus pensamientos a aquella luz que de ella les venía. Cuando abierta la puerta del salón entraron quedamente unos criados con bandejas donde venía la colación, dejó de tocar volviéndose a los demás.

—¡Bravo! ¡Bravísimo!—aplaudieron don Octavio y don Beltrán. Y la afectación de viejos currutacos que ponían en el elogio, como si estuvieran en su luneta aplaudiendo a una cantante hermosa, alejaba de ellos los pensamientos amargos de momentos antes. El marqués nada dijo, limitándose a abandonar su rincón para volver otra vez a la tertulia.

Cuando Diana vio acercársele a Lotario, en los ojos entera y clara su pasión, que sin cuidar de la presencia de los otros tomaba su mano para atraerla hacia él, con un movimiento de pudor y de coquetería se alejó, yendo al sillón de la abuela como si fuera a sentarse a sus pies. Pero aquélla la contuvo.

—Es hora—le dijo—de que tú y tu marido comáis algo antes de retiraros. Nada cenasteis esta tarde, y aunque comer es cosa aburrida, arrullarse todo el día es cosa más aburrida aún—. Pero ella misma no daba ejemplo. Tomó de la bandeja una copa de agua azucarada, que paladeó irguiéndose sobre su bastón, tras de despedir a Fidelio para que fuese a continuar su sueño sobre un cojín en el suelo.

Por las bandejas que los criados colocaron en una mesa, retirándose después, brillaban tazas de cristal con almíbares, chocolates y sorbetes, entre platos de bizcochos y frutas. El marqués contempló aquellas golosinas que volverían casi intactas a las cocinas como testimonio de un despilfarro que él reprobaba. Sus años de infortunio le habían enseñado a amar la avaricia como única manera de disfrutar la riqueza. Y aunque tenía deseos de probar algunas de aquellas cosas, en señal de protesta tácita se limitó a coger un racimo de uvas que comió con aire de resentimiento. Vino a distraerle de sus cavilaciones Lucinda, proponiéndole jugar con ella a *l'ombre,* propuesta que él aceptó aunque no sin cierta manifiesta displicencia.

Lotario, viendo a éstos abstraerse sobre su juego, y a Diana, olvidada la seca acogida de su abuela pero siguiendo su consejo, que comía y charlaba animadamente con sus tíos, se acercó al sillón de la condesa.

—Mañana marcho a unirme con mi regimiento. Quería decirle adiós, señora, y rogarle que cuide de Diana, para que no sienta demasiado la separación.

—Las mujeres de nuestra familia tienen demasiado orgullo para sentir la separación de un amante. ¿No la ves cómo ríe allá? Ve tranquilo.

—Si hubiera riesgo de que los invasores se acerquen a la capital—añadió él sin atender a las palabras duras de la anciana—, trataría de venir para acompañarlas a lugar más seguro, o al menos prevenirlas a tiempo.

—Supongo que ahora debería yo ofrecerte mi bendición, pero cualquiera de esos libros—dijo señalando a los que al alcance de su mano había sobre la mesa—pudiera servirte mejor—. Y con una transición agregó:—Adiós, hijo mío—. Mas si en su voz hubo ahora alguna dulzura era porque el pensamiento de que ella podía morir mientras él estaba ausente la ablandó con súbita piedad hacia sí misma. Lotario se inclinó besando la mano que ella le tendía con majestad y cierto dejo de coquetería. ¡Estaba tan apuesto en su uniforme—pensó doña Casilda Tisbea—y había en sus ojos una mirada tan clara y sincera! Lástima que un mozo como aquél fuera sentimental.

Él abarcó con su mirada la estancia, la jaula de oro suspendida entre bosques de égloga o de idilio indiano, dispersos sobre el tapiz los grupos como en íntima fiesta de corte. Y todo le pareció cansado y caduco, tal si sólo aguardase un soplo de aire libre para desplomarse en tierra.

El reloj de porcelana sobre la chimenea dio las diez. Alrededor, sosteniendo la esfera que figuraba un mundo, varios amorcillos, ataviados con ricos trajes unos, otros desnuda la piel más oscura, representaban los continentes: Europa llevaba corona imperial, Asia sonreía quietamente con cara chinesca, África alzaba guirnaldas de flores, y América era un colono fructífero. ¡Cuán inverosímiles aquellas alegorías en porcelana de un mundo ordenado a estilo de pantomima y silogismo! Quienes concibieron ese mundo habían vivido sólo para el placer y la razón, y ahora, despojos maniáticos de su época, con recuerdos en vez de placeres y sin compañía amable que les distrajese de ellos mismos, se veían obligados a asistir a las horas infelices de que escaparon en su juventud. Sobre la esfera del reloj, ¡qué ironía cobraba el mote aquel, apto para dioses, si éstos estuvieran sujetos al tiempo, no para hombres!

—Tengo sueño—les dijo Lotario fingiendo que contenía un bostezo. (Temo que la condesa tenga razón, y que Lotario sea un sentimental, dispuesto a no aprender nada de la vida. Casi siento haberle adoptado como héroe de este relato, en vez de la condesa.)—¿Vienes, Diana?—agregó. Y tomándola del brazo dejaron el salón.

3

Salieron a la galería, cuyas vastas proporciones parecían aún mayores con la penumbra, guiándoles el resplandor de unas velas que ardían allá en un recodo. Atravesaron un salón donde a la luz de la luna que penetraba entre las cortinas se veía un pequeño escenario, corrido el telón sobre el cual un coro de ninfas danzaba en la hierba atisbándolas tras los árboles una tropa de sátiros. Muchas veces se representaron allí églogas y sainetes ante una audiencia de cortesanos viejos, amigos y parientes, siempre dispuestos a interesarse en la declamación de amores pastoriles, o cayendo en el extremo opuesto (con ese instinto de imitar las costumbres del populacho, que tan caras son a la aristocracia española, sin que eso sea obstáculo para que al mismo tiempo odie al pueblo), a divertirse con la farsa llena de dicharachos y majeza cruda.

Al entrar en la habitación inmediata un rielar les deslumbró, como si cayeran en un agua irisada con destellos de plata, al multiplicarse el rayo de luna por los espejos que recubrían las paredes. Un aroma de sándalo flotaba en el aire de aquellos salones, todos iguales, colgados con tapices o lienzos oscuros, porcelanas sobre consolas y chimeneas, y en los rincones sofás de líneas curvas, como concha marina en que hubiesen navegado hasta allí las diosas desnudas que se erguían ante la abertura de algún arco.

Al fin hallaron los amantes una puerta que cerraron tras sí. Salones y galerías estaban otra vez solos y silenciosos, con sus figuras pintadas de diosas y pastores, ninfas y majos, todos atisbando el momento en que los vivos reposaran para dar un salto e irrumpir en el mundo nocturno, como fuegos fatuos que danzan su ronda por el campo solitario. Ante aquella puerta que cerraran los amantes, para que nada interrumpiese la calma protectora, el amor, irónico y soñador, quedó velando con un dedo sobre los labios. Mas la vista de dos cuerpos jóvenes y hermosos que, por el goce, se demuestran el uno al otro su amor, ¿no es acaso lo más puro que pueda ofrecer la creación? Atrás, rapazuelo estúpido, deja a los que ya sacudieron tu servidumbre que sigan a los amantes hasta su retiro, y gocen el espectáculo edificante de sus trasportes.

Lotario al entrar se había dirigido a los balcones, recogiendo las cortinas para que la luz de la luna penetrara hasta el lecho ancho y profundo, que bajo un dosel estaba al fondo de la habitación. Allá se dejó caer Diana llena de languidez, y él, sentándose a su lado, le pasó los brazos en torno al talle. Los labios de Lotario cayeron sobre los de su amiga, y a medida que prolongaba el beso le parecía como si de su mente se desalojara todo el peso de la vida: la guerra, la incertidumbre del futuro, la partida misma que dentro de unas horas debería efectuar, quedaron a un lado. Allí no había sino dos cuerpos que se buscaban con deseo.

La mano de él iba sobre el bulto abandonado de ella, sobre el cuello, sobre el pecho, hacia la cintura, posándose luego en el nido que formaban los muslos junto al vientre. Mas luego aquellas sedas, aquellos tules, le enojaron, y con prisa comenzó a apartarlos. Ella le dejaba hacer, dando un suspiro. Con rumor leve cayeron los chapines, y encima de ellos, como una nube, el vestido. Desnuda ya, ayudada por las manos de él, torpes en su precipitación, se caló entre las sábanas, cuya frialdad puso un escalofrío sobre su piel enfebrecida por el deseo. Él luego arrancó de sí la casaca del uniforme, el ceñido calzón blanco, arrojándolos aquí y allá, y desnudo también, de pie, su cuerpo fino y duro recortado en negro sobre la vaga claridad que penetraba por el balcón, erguido el sexo entre los rizos del vello varonil, buscaba a tientas el lecho, no sin tropezar con las botas, cuyas espuelas le rasguñaron la pierna. Ni uno ni otro habían proferido frase alguna; sólo palabras breves se deslizaron entre sus dientes, cayendo en la sombra como piedra en el agua.

Al fin se dejó hundir en la cama, y cuando extendía su mano hacia el pecho de ella, ella lanzó un grito al sentir su frialdad. Tuvieron los dos una risa, y él retiró las manos impacientes, mas oprimiendo contra su cuerpo el cuerpo de ella. Suspiraron acariciándose el uno al otro, buscando la certidumbre del cuerpo ajeno con urgencia dolorosa a fuerza de intensidad: aunque enlazados continuaban siendo extraños entre sí, y oscuramente deseaban que el alma del uno palpitara dentro del cuerpo del otro, y sólo con esa visitación les parecía posible calmar aquel frenesí de enajenarse que les poseía.

Los movimientos del uno eran copiados, más que copiados adivinados por el otro, como dos bailarines que siguen el mismo ritmo, y a cada insinuación dominadora que hacía el cuerpo de él correspondía otra de entrega en el cuerpo de ella. Al estrechar él aún más su abrazo para abarcar entero el cuerpo de ella, la amante se insinuó bajo el amante, y alzándose éste en un movimiento súbito, ya frente a frente los dos, como dos enemigos que se acometen, él entró en el cuerpo de ella.

Desaparecía ahora aquella ternura que le llevaba siempre a protegerla, mirando en ella algo frágil que él debía manejar delicadamente. Esa penetración la urgía en él un afán de romper, de rasgar aquel mismo cuerpo, como si no fuese lo que le conducía sino lo que le separaba de la satisfacción de su deseo. Al cumplir la obra de aquel instinto cruel entreveía el deleite mismo de su carne, y sus miembros, tal en una metamorfosis mitológica, parecían transformarse en zarpa y pezuña, apresando ya como cosa insensible aquel cuerpo delicado que bajo el suyo se estremecía, ávido también de ser deshecho y consumido por el dueño que lo visitaba.

El cuerpo del amante, alzándose y adentrándose por el de la amante, no era ya algo concreto e individual, sino vasto y anónimo, que más que a una voluntad subjetiva parecía obedecer a la del destino humano mismo. Sumido en el cuerpo de ella, tal el árbol en la tierra, toda su atención vuelta hacia sí, perseguía el fulgor de una luz entrevista allá en los rincones más lejanos de su ser. De pronto, en un relámpago, aquella luz se alzó en su interior, inundándole con un resplandor insoportable, hasta desbordar fuera de él; y entonces tuvo una sacudida última, mientras mordía el pecho de ella, que sus labios habían recorrido con besos hipócritas, recelando el instinto del animal que engaña su presa antes de devorarla. Luego, dando un suspiro, rota su fuerza, se abandonó pesado y sudoroso sobre el costado de ella, quedando al fin inmóvil.

La luna había ido entrando curiosa por la habitación, en tanto nacía y moría con un ritmo de respiración el rumor de los dos cuerpos que se amaban. Cuando cesó definitivamente hubo en el silencio una pausa extraña e interrogante, idéntica a la que sucede en una habitación donde queda solo un cuerpo muerto.

Mirándose por entre las pestañas, sus ojos entornados, los amantes se sonrieron, sintiendo renacer, de la gratitud por el uso que cada uno había hecho, según su naturaleza, del cuerpo del otro, la ternura. Se conocían mejor (¡qué profundo el significado bíblico de la palabra conocerse!: ¿acaso hay modo mejor de conocimiento que el obtenido a través del gozo que se persiguió al unísono?), y su amor podía descansar ya, no en la comunidad de sentimiento, sino en la del placer, para conseguir el cual habían usado del cuerpo ajeno más que del propio; y aunque luego ese amor desaparezca y se alejen los amantes uno de otro, para siempre ha de enlazarlos el recuerdo del placer, con hondo parentesco, en la distancia. Ahora lo comprendían, ya retirados de aquel mutuo adentramiento, como si al salir de tal sima trajesen, con las gotas de sudor, los atributos húmedos de la verdad al salir del pozo: el espejo donde se aprende el conocimiento de sí, y por ende de toda la naturaleza humana.

La mano de él avanzó otra vez, pero ahora blandamente, sobre el seno de ella. Y otra vez sus labios iban, aunque ya dulcemente, por el cuerpo femenino: sobre el brazo, bajando al pecho y al vientre y subiendo luego a la boca, para demorarse allí mientras escuchaba de nuevo la marea del deseo subir dentro de sí. Habían retirado las sábanas, bañando sus cuerpos en el aire más fresco que entraba por el balcón. Desnudos reposaban sobre la cama, como dos nubes sobre la cima nupcial del horizonte. El cuerpo duro y esbelto de él, con su color ambarino, levemente oscurecido sobre los muslos, en el vientre, por las axilas, de una pelusa, tal hierba recubriendo la tierra que es el cuerpo humano; sus caderas estrechas prolongadas en una línea pura por los muslos, y entre éstos reposaba ahora adormecido el sexo.

Sobre el torso viril descansaba ella, uno de sus senos aprisionado dentro de la mano de su amante, y sus piernas juntas se iluminaban en el ángulo del vientre con unas hebras de oro traslúcido sobre la blancura de la piel. Su pie derecho contra el pie izquierdo de él, su mano derecha sobre el vientre de su amigo, por cuyo centro se abría el ombligo, en cuya concavidad parecía una flor blanca en una copa de ámbar.

¿Existe acaso algo más bello que un cuerpo joven? Al alzar Diana los ojos al dosel que los cubría, en una pausa de amor, vio repetidas por un espejo sus figuras enlazadas. Hacía poco tiempo que descubrieran su existencia, porque estaba cubierto por la seda roja del dosel, hasta que un día al descorrer las cortinas de la cama, vieron cómo el cielo bordado se desprendía, apareciendo detrás un espejo. Él sonrió y quiso dejarlo descubierto; ella protestó, acabando por ceder con reserva púdica. Y así se veían ahora en aquel espejo como recién salidos de la mano de Dios, con el frescor primero de la creación del hombre exenta de sus enemigos aún desconocidos: enfermedad, vejez y muerte.

La luna fue paso a paso recorriendo la habitación. Desde los cortinajes del balcón, deslizándose oblicua por la pared, cayó sobre la alfombra al pie del lecho, y como un reptil de plata trepó por sus colgaduras hasta contemplar los dos amantes. Luego, satisfecha su curiosidad, descendió y fue retirándose hacia el balcón en sentido contrario a como entrara.

El silencio nocturno, apenas turbado por el croar de unas ranas en el estanque al fondo de la avenida, comenzó a animarse imperceptiblemente. Primero, más que un piar de pájaros despiertos, fue un agitarse de alas en el nido. Luego, incierto y como nota que se ensaya, se alzó un trino aún soñoliento. Después el cacareo de un gallo rompió el encanto, y a su invocación surgió la luz, alzando la losa de sombras allá en el horizonte.

Lotario despertó, y con la conciencia devuelta de su vida recordó que aquella mañana debía marcharse, y marcharse pronto, antes de que los otros le hicieran sentir aún más la separación con sus adioses. Con precaución, para no despertar a su amiga, dejó la cama, y no sin contemplarla desnuda una última vez, tendió sobre ella las sábanas, arropándola en el embozo. La destreza de sus miembros contrastaba con el sopor de su mente, y sin querer fijar el pensamiento en nada, como debe vestirse y marchar un condenado la mañana de su ejecución, se halló presto en breve tiempo. Entonces, parado frente a su amiga adormecida, la contempló un momento. Y al borde de la cama, donde la noche anterior él mismo había dejado caer bruscamente las ropas de ella, se inclinó ahora con delicadeza infinita para besar el hueco sedoso de una de sus chinelas. Luego salió de la habitación con paso quedo.

Cuando momentos más tarde se oyó afuera, sobre la tierra endurecida, el galopar de un caballo, su eco llegó hasta la mente de ella, y allí, cogido en la urdimbre sutil de esa parte del ser que vela mientras la otra descansa, como luz en templo desierto, fue recogido y entretejido con otras sensaciones irreales, formando con el rumor verdadero los elementos del sueño. En la conciencia de Diana se alzó una voz que decía: «No es nada; sueñas con el galopar de un caballo». Mas a pesar de tal afirmación aquietadora la tregua entre sueño y realidad quedó rota, y Diana despertó.

—¡Lotario!—gritó mientras extendía un brazo hacia el lugar que antes ocupara su amigo, hallando sólo la huella aún tibia, al mismo tiempo que aún podía percibir lejanamente, mas en la realidad esta vez, no en su sueño, el galopar del caballo en que se alejaba Lotario.

4

Meses después, cierto atardecer de enero, un destacamento de caballería, aislado en operación de avanzada de su cuerpo principal, intentaba reunirse con los suyos, que quedaran pocas leguas más atrás, en Maltrana, lugar ocupado a la sazón por tropas aliadas. Era Lotario, ayudante del duque de Borja, general en jefe del ejército del centro, quien vino en busca de aquel destacamento, pero perdidos y faltos de un guía, buscaban su camino hostigados por las sombras de la noche, que ya a buen paso se les venía encima.

Había cabalgado Lotario buena parte del día, atravesando pueblos desiertos, bajo el cielo invernal claro y frío. A su paso no salía de las casas otro rumor sino el eco de las pisadas mismas de su caballo, y por la portalada entreabierta de algún corral, junto a los pesebres vacíos, veía instrumentos de labranza esparcidos en abandono por el suelo. Sobre las bardas, posado tal el plumaje de un ave maravillosa, el sol aún brillaba en medio de aquella desolación. Luego otra vez aparecía ante sus ojos la tierra monótona, lisa y oscura, como si con su humildad quisiera dar un ejemplo al corazón de los hombres que por ella combatían.

Al borde de un ribazo, entre zarzas y retamas, vio cuerpos que yacían, en girones sangrientos el uniforme del invasor donde brillaban unas águilas doradas, y junto a él los harapos sin insignia del hombre que luchó por defender su tierra. Sobre el lodo las huellas aún frescas indicaban que la lucha había debido ser reciente, aunque los cuerpos comenzaban ya a descomponerse a pesar del frío, y Lotario recordaba la masa esponjosa y violácea, de rasgos indiscernibles, en que se convirtiera la cara de un granadero francés cuyos miembros hinchados estallaban dentro del paño de su uniforme. Luego el pensamiento de Lotario, de un salto brusco, dejaba aquellas escenas inmediatas a la guerra e iba a Diana, a la que no volviera a ver desde su partida a comienzos de otoño, preguntándose si ella y la condesa habrían marchado hacia el sur como él les avisara. Pero las voces de los soldados le sacaron de su abstracción.

Comenzaba ya a oscurecer, y la luz del crepúsculo invernal, derramada en el horizonte desnudo de aquel llano por donde caminaban, alargando con incierto temblor las sombras, aunque entristeciera algo a Lotario no tenía el mismo efecto sobre los soldados. Éstos, cabalgando con el estómago vacío y rendidos de cansancio, aún conservaban su buen humor o querían espantar el malo, y unas voces primero, otras después, comenzaron a cantar, si no con entonación, al menos con cierto sentimiento, una tonada popular que Lotario conocía bien.

Hay en la música a veces un extraño poder de persuasión, que une al alma solitaria con los otros seres humanos, como si ella fuera expresión inefable de algo común a todos los hombres que éstos sólo comprendieran al oírla. Fuese la hora, fuese la ocasión, lo cierto es que el timbre fresco de aquellas voces recordó a Lotario la juventud de los cantores, y al mismo tiempo, el dramático contraste, le opuso lo azaroso de sus vidas, carne de cañón sacrificada a capricho de cualquier aventurero que se creyera llamado por Dios para regir con la espada los destinos del mundo. De ahí pasaba a admirarse cómo en él, soldado entusiasta de su profesión, escogida libremente, creyéndola la mejor para alguien poseído del sentimiento del honor, y que en el cumplimiento del deber hallaba satisfacción mayor a la de otros muchos al disfrutar de placeres codiciables, estos meses de guerra habían podido cambiar su corazón. Sus instintos humanos, que él sentía bien hondos dentro de sí, y los sentimientos inculcados por el ambiente familiar llegaban ahora en su alma a una colisión, y para tal conflicto él no veía salida alguna: si respetaba los primeros sería para los demás un cobarde y un traidor; si respetaba los segundos, un traidor y un cobarde sería para sí mismo. Quedaba la solución mundana, que él detestaba sobremanera, de pretender conciliar instintos propios y sentimientos ajenos, lo cual era el modo más seguro de no respetar ninguno de ellos. En este punto de sus soliloquios la voz del trompeta, que cabalgaba a su lado, le interrumpió murmurando unas palabras.

—¿Qué dices, Gabriel?—preguntó al chico.

—Digo, señor, que me parece hemos encontrado el camino. ¿No ve ahí junto a esos álamos la fuente donde descansamos esta mañana?

Apenas quedaba día bastante para vislumbrar el agua, que en el sillón de la fuente relucía a lo lejos como un ojo insomne entre la oscuridad.

—Tienes razón, Gabriel—dijo Lotario—. Maltrana no debe estar lejos, y al menos dormiremos esta noche.

Los soldados no cantaban ya, y sólo se oía el rumor de los cascos de los caballos y las sacudidas con que tascaban el freno, impacientes de la llegada y el descanso ante el pesebre lleno de paja. De tal guisa, unos adormecidos, despiertos otros, pero todos fatigados y silenciosos ahora, siguieron caminando por un terreno desolado que azotaba el viento, no sin percibir alguna vez a distancia, en un declive de la paramera, las fogatas de un campamento que no sabían si era de amigos o de enemigos. Luego la marcha se hizo más difícil, y los caballos colocaban ahora sus cascos con precaución, parándose a veces llenos de sobresalto para olfatear el suelo, porque atravesaban un terreno donde aquel mismo día había tenido lugar un encuentro, y aquello que asustaba a las cabalgaduras eran algunos cadáveres que yacían aún insepultos.

—Parece que esta gente no tiene frío—exclamó uno de los soldados. Otros rieron lo que sin duda les parecía salida ingeniosa.

Subieron un altozano desde el que se adivinaba, lo mismo que un mar que no se ve sino que se escucha, la vasta llanura encima de la cual temblaban las estrellas, tal polen de oro en la corola negra de la noche. El silencio parecía caer desde la inmensidad, donde estaba prendida la luz de las estrellas, hermanándolas con las sombras de la tierra. Lotario sentía orearse su cuerpo y su alma lo mismo que en una corriente de aguas frías y puras.

—Mire, señor—oyó que Gabriel le decía—. ¿No ve allá a lo lejos aquellas llamas?

En la negrura del horizonte miró Lotario alzarse una ola roja que despeinaba al viento su cresta impetuosa. Un campaneo llegó hasta ellos, como si sonara en las torres de una ciudad sumergida bajo aquel mar de sombras y de silencio.

—Algún incendio. ¿Quiénes no habrán prendido? ¿Los nuestros o los otros?

Cuando otra vez desesperaban de descansar aquella noche en Maltrana, vieron por el cielo nocturno, a alguna distancia, el fantasma blanquecino de una torre, que agrandándose ante ellos, luego se levantó sobre una masa confusa de muros y tejados: habían llegado al fin. Enfilaron una calle por la que corría un arroyo cenagoso, oyendo un zumbido de voces, y ya adentrados en el pueblo encontraron grupos de soldados que iban y venían, algunos alumbrándose con cirios, sin duda tomados de alguna iglesia o convento. La oscuridad, al ser rasgada por aquel fulgor rojizo, daba a la escena un aire de pesadilla, y caras hirsutas de ojos relucientes emergían por ella como visiones diabólicas. Aquí y allá, soldados agrupados ante una casa, dando fuertes golpes sobre postigos y ventanas, trataban de franquearse la entrada a culatazos, si alguien más expedito no hacía saltar de un tiro las cerraduras, que los dueños al huir atrancaron cuidadosamente. Más allá en un callejón solitario, tras los muros de una iglesia se quejaban ahogadamente los heridos, y el resplandor vago de unas luces aparecía a través de las vidrieras. Una sombra salió al pórtico, arrojando a la calle el agua de una jofaina, que en la claror proveniente de entre las puertas entornadas dejó sobre las piedras un brillo sanguinolento.

—¡Eh, tú!—interpeló Lotario—. ¿Dónde está la comandancia?

—A la vuelta de la esquina—respondió la sombra—, en la sacristía.

Descabalgó Lotario y doblando el muro de la iglesia salió a una plaza rodeada de soportales. Ante el hueco iluminado de una puerta vió dos centinelas, y al lado de ellos varios oficiales, unos sentados en un poyo adosado al muro, otros de pie, que fumaban y discutían en voz alta.

—Suerte tiene ese salmonete escocés, porque María de la Luz es una real moza—oyó Lotario que decía uno del grupo mientras él se aproximaba.

—¿Es que la ha traído consigo?—preguntó otro.

—Buenas noches, señores—dijo Lotario interrumpiéndoles—. ¿Está el duque?

—Hace tiempo que le espera, capitán—respondió un oficial del coro reconociéndole.

Como la llegada del destacamento no podía tener hora exacta, extrañado aunque preparando sus excusas, se dirigió Lotario adentro. Era la sacristía una amplia nave cuyo artesonado relucía con manchas áureas a la escasa luz. La guarnecían armarios disformes de roble tallado, entre los que colgaban lienzos oscuros, bien que de algunos sólo quedaran los marcos sobre el fondo blanco de la pared. No era la única señal del saqueo invasor a su paso por aquel pueblo; la cajonería de los armarios estaba rota en diversos lugares, mostrando los escasos ornamentos eclesiásticos sin valor que aún guardaba, y al pie de la cruz vacía, colgada al fondo bajo dosel de terciopelo negro, yacía en pedazos la escultura de un Cristo.

Tuvo Lotario que abrirse paso a través de los grupos que llenaban la habitación. Junto a las casacas azules de los oficiales españoles aparecían las casacas escarlata de los ingleses; aquéllos, pálidos y morenos, hablaban alto con brioso ademán; los otros, encendidos y pelirrubios, alta la barbilla con gesto displicente sobre el collarín, guardaban silencio o susurraban entre sí. Y unos y otros, al moverse, hacían centellear el oro sobre sus uniformes.

Lotario pudo distinguir al fin, tras un corro de españoles que conferenciaban con un coronel inglés, sirviéndoles de intérprete algún ayudante, una ancha mesa ante la cual a la luz de las velas aparecía un hombre de cabeza cana inclinada sobre papeles y mapas. Al erguirse para decir algo a un teniente que en pie aguardaba a su lado, vio a Lotario, el cual se había quedado a cierta distancia como en espera. Entonces aquella cara, que al encuadrarla unas patillas y tupé blancos parecía aún más morena, se volvió hacia él con gesto de benévola cortesía.

Ya se disponía Lotario a proferir sus excusas por la tardanza cuando oyó que le decían:

—Venga, capitán. ¿Terminó sin novedad su expedición?

—Sí, mi general—respondió Lotario acercándose.

Iba el otro oficial a retirarse, pero el general le retuvo.

—Ahí está el destacamento de caballería que esperábamos—dijo—. Cuide del alojamiento de esos soldados, así como del capitán.

—Mi general—intervino en este punto Lotario—. ¿Puedo hacer un ruego?

—Diga, amigo mío.

—Con esos soldados viene un trompeta que me hace las veces de asistente. De ser posible quisiera que le alojaran conmigo.

Se marchó el teniente, y levantándose entonces el duque tomó a Lotario por un brazo.

—Escuche, capitán—dijo con cierta reserva irónica al pasar entre las filas de oficiales británicos, mientras le llevaba hacia un rincón—: Necesitamos alguien que conozca la lengua inglesa. Ha ocurrido un incidente del que debo enterarle ahora, si no está demasiado cansado de la jornada.

Cuando el duque le expuso la misión que de él esperaba sintió Lotario viva alegría. Se trataba de llevar unos despachos a las avanzadas aliadas cerca de Oria. La historia de esos despachos era algo accidentada: confiados primeramente a un capitán escocés que conocía del castellano lo suficiente para lanzar una blasfemia en sazón oportuna, aquel no halló nada mejor que hacer durante el camino sino emborracharse, olvidar por completo su misión y volver a Maltrana. Como se trataba de un oficial aliado, el duque devoró su cólera y le dejó dormir la borrachera, aunque en un oficial español tal acto hubiera significado fusilamiento tras juicio sumarísimo. Pues que Lotario conocía la lengua inglesa, habiendo desempeñado en ocasiones, bien que a pesar suyo, tareas de intérprete para el estado mayor del ejército del centro, donde fuerzas españolas y aliadas colaboraban en la campaña, el general le pidió que llevase él mismo los despachos.

—Para nosotros el vino es cosa menos nueva que para nuestros aliados—le dijo el duque sonriendo al entregarle los documentos—. Espero que las sirenas del alcohol no le seduzcan en mitad del camino, como al capitán McElroy, y en todo caso resístales hasta haber cumplido su misión. Después queda en libertad de hacer lo que quiera : durante quince días es dueño de sí.

—Puede confiar en mí, general—le respondió.

—Debe atravesar un terreno por donde hay destacamentos enemigos. Procure no caer en sus manos, y si cayese, que no caigan también esos papeles —agregó el general dándole la mano.

Así pues, tenía quince días libres, durante los cuales podría ver a Diana, ya estuviese aún en el palacio, ya hubiera marchado a la casa familiar de Lotario en Campo Mayor, como él había aconsejado que hicieran ella y la condesa al trasladarse al sur la Junta del Reino, puesto que la situación militar en el centro cada día semejaba más insegura. ¡Cuánto tiempo que no la veía! La paciencia conque sobrellevara la separación durante aquellos meses desaparecía ahora, haciéndole intolerables las horas que entre ella y él aún se interponían. Además encontrarla allá, en la casa, en el paisaje que fueron los suyos durante la infancia y la adolescencia, daban a esa entrevista un peculiar atractivo. Años hacía que no volviera a su tierra.

Sentado junto al fuego en su alojamiento, tras de la entrevista con el duque, Lotario gozó unos momentos de calma animal. La vieja que sin decir palabra le recibiera, acompañándole hasta su habitación, lo había dejado solo. El aposento anchuroso, al cual llegaba desde lejos trajín de platos y sartenes, sólo lo iluminaba el resplandor de las llamas en el hogar. Su bienestar hubiera sido perfecto de no comenzar a perturbársele una comezón enojosa del cuerpo. ¡Las pulgas! ¿Pediría agua caliente para lavarse? Al introducir la mano en el pecho, entre la camisa y la piel reseca y áspera por el polvo del camino aliado al sudor, tropezó con un medallón pendiente de una cadenilla. Lo sacó, y una vez abierto apareció a la luz de las llamas la faz rosada de Diana, sus ojos verdes y oblicuos, sus hombros desnudos. Una flor cayó al suelo y él la recogió: era el aster azul que ella le diera meses atrás, aquel día último en que paseaban por el parque. Al ver los pétalos secos y descoloridos unos versos olvidados volvieron a su memoria.

Intactas quare mittis mihi, Polla, coronas?
A te vexatas malo tenere rosas.

Mas con cólera súbita arrojó al fuego la flor. ¡Qué estúpida sentimentalidad la suya! ¿Por qué no tomaba la vida como los otros, tal ella se ofrece en el momento presente? La pretensión de que la vida se ajustase a sus deseos le llevaba a vivir como había vivido estos meses pasados, en espera de no sabía qué momentos inefables y perdiendo lastimosamente el tiempo. ¿Era acaso él tan necesario a la dicha de Diana como Diana parecía serlo para la suya? Apenas si había tenido noticias de ella, y las últimas cartas de él aún estaban sin respuesta. Verdad era que si Diana estaba en camino hacia Campo Mayor no le sería fácil comunicarse con él. Seguramente estaba ya en camino, y por eso no le respondía.

A través de las paredes llegaron hasta él los rumores de una zambra que los soldados alojados en la casa medianera habían improvisado. Al son de una guitarra desafinada y manca de cuerdas uno cantaba y otros le jaleaban con palmas, gritos y alguna que otra palabrota. ¿No eran felices quizá? La guerra—pensaba Lotario—era para ellos una especie de domingo ilimitado que sólo la muerte podía cortar. Acaso esa misma probabilidad de la muerte, no menos cercana ahora que en la paz aunque sí más evidente, era lo que les impulsaba a exhibir con alegría ruidosa su vitalidad, tal desquite fanfarrón del peligro. Pocos parecían sentir, como él sentía, la conciencia de cumplir un deber al que se sacrifica todo. Tal vez fuera mejor para los otros no sentirlo así. El sacrificar la vida, puesto sólo el pensamiento en la idea del honor, ¿no comenzaba ahora él mismo a considerarlo inútil? Sentía el aburrimiento de jugar limpio una partida donde todos hacen trampa.

Inquieto y descontento de sí se levantó de su asiento junto al fuego y salió de la habitación en busca de Gabriel, que según sus órdenes debía alojarse allí, pero al cual no había visto. Al fondo del corredor una puerta iluminada le guió hacia lo que suponía la cocina. Mas apenas llegara ante el dintel se detuvo sorprendido: de pie en medio de la habitación había una mujer. Su figura alta y ligera, vestida de oscuro, se aureolaba en torno con la claridad del fogón, y la cabeza ligeramente inclinada, un pendiente de oro asomando bajo la onda oscura del pelo, caía sobre el cuello esbelto, oculto con remilgo monjil entre los pliegues de una mantilla de terciopelo. Si estaba alojado en una posada, ¿era aquélla la posadera? Si estaba en casa particular, ¿era aquélla una hidalga campesina? Más verosímil parecía esto.

La mujer, que notó su indecisión, le dijo con voz risueña ligeramente velada:

—Pase, señor capitán. Aquí estamos Gabriel y yo tratando de aderezarle algo para la cena. Si sale mal tendrá que dispensarnos, porque ni él ni yo entendemos de estas cosas.

Entonces fue cuando vio al chico, que sentado junto a un rincón majaba algo en un mortero y al entrar él se levantara algo confuso, o al menos así le pareció a Lotario. ¿Cómo estaba allí aquella mujer, cuando todos los vecinos habían desertado el pueblo, y con más razón las vecinas? Además ¿qué posadera o hidalga campesina era aquella que según confesión propia no sabía guisar?

Preciso es reconocer que Lotario, educado severamente, y que como quien dice casi pasara de la custodia de sus maestros al matrimonio gracias a un amor temprano, no tenía gran experiencia femenina, y mucho menos de cierta típica profesión femenina vieja como el mundo, que como el mundo ha tenido sus altibajos. Es cierto que había oído de algunas mujeres acompañando a los regimientos, sobre todo a los regimientos aliados, y aun de tal o cual jefe u oficial que llevaba consigo una amiga particularmente atractiva. Sin ir más lejos, ¿no escuchó aquella tarde en el corro de oficiales a la puerta de la comandancia los elogios dedicados por éstos a cierta María de la Luz, amiga de aquel famoso capitán McElroy que se emborrachara cuando iba a entregar los despachos? Le pareció entonces que coincidían las descripciones que de ella oyera con esta mujer que ahora tenía delante, demasiado pulida para ser de pueblo y cuyo acento indicaba al habitante de la capital. Lotario no sentía gran dificultad en admitir tales cosas en teoría, pero en la práctica (y esa vena puritana de Lotario me enoja bastante) era otra cosa.

—Gabriel, ¿has terminado ya de machacar eso? —preguntó la mujer—. Dámelo. ¡Ay, qué manos más frías tienes!

Al entrar en la cocina Lotario se había apercibido no sin cierto enojo de una tensión particular en la atmósfera, de la cual él parecía quedar excluido. Poco a poco se le fue figurando como evidente una relación entre aquella mujer y Gabriel, aunque no comprendía su naturaleza, ya que siendo de sensibilidad susceptible no había disociado aún el amor del deseo, cosa que hombres más rudos consiguen tempranamente. Mas, aunque casi un niño todavía, ¿no era Gabriel bastante guapo? Al vivir ella en la casa, como parecía, ¿no tuvo ocasión de darse cuenta del hecho y de hacérselo comprender así al mismo Gabriel, que por joven que fuese, siendo listo, no dejaría perder la ocasión?

Lo que aumentaba la confusión de Lotario era aquella mirada que ella le dirigía: sus ojos parecían decirle, según a él se le figuraba, que allí estaba de más. Si hubiera sabido leer mejor en ojos ajenos acaso comprendiera aquella mirada, que de él iba a Gabriel para volver otra vez a él, como lo que realmente significaba. El amor vuelve ciegos a muchos para otra hermosura que no sea la del ser amado, y éste era el caso de Lotario; pero el deseo que sienten otros por un cuerpo les hace en cambio más sensibles a las perfecciones de los demás, y éste parecía ser el caso de María de la Luz, si es que aquella mujer y la amiga del capitán McElroy eran una misma persona.

—Su cena está ya, capitán—dijo ella al fin, viéndole aguardar en pie y silencioso—. Voy a ponerle la mesa en su habitación, que Gabriel y yo comeremos aquí en la cocina.

—¿Nadie más hay en la casa?—preguntó Lotario.

—Mi tía, que aunque no lo es, así la llamo—respondió ella.

—¿Quiere que le sirva la comida, señor?—dijo Gabriel, que tal vez trataba de acortar aquella escena.

—No necesito nada, Gabriel—. Siguió Lotario a la mujer, la cual, ya ordenada la cena de éste sobre una mesa junto al fuego, se volvió hacia él diciéndole:

—Que duerma bien y sueñe con su novia—. Se fue cerrando la puerta tras sí, y Lotario juraría que oyó una ahogada risa femenina.

Dio un suspiro y casi sin tocar la cena comenzó a desnudarse lleno de mal humor, aunque no supiera decir por qué, acaso porque las pulgas comenzaban de nuevo a dejarse sentir bajo la camisa. Su corazón, tan lleno de amor y de vida, lo sentía distante de todo. Al meterse entre las sábanas pensaba con despecho que Gabriel y María de la Luz estarían el uno en brazos del otro. Pero si levantándose de la cama fuera a la puerta de la habitación, una vez abierta, hubiera visto a Gabriel, que por estar cerca de él dormía allí en el suelo. Y María de la Luz acaso se le ofreciese propicia, si con un ademán la hubiera retenido junto a él.

5

Cuando a la mañana siguiente, tras de un sueño profundo, pudo Lotario enjabonar su cuerpo en agua tibia y aclararlo del sudor y del polvo, endosando su uniforme bien cepillado y aireado, que Gabriel tras de la puerta le pasara, porque no se atrevía a entrar en la habitación mientras él estaba desnudo, sintió un bienestar no sólo físico sino moral. Después de beber un poco de leche, que la supuesta tía de María de la Luz le trajo, tan silenciosa como el día anterior al recibirle, comenzó a escribir a Diana. Pero luego pensó que una carta, puesto que iba a verla dentro de pocos días, era ya cosa inútil. Y aunque al escribir a Diana le parecía hablar con ella, fue la impaciencia y no el sentimiento de la inutilidad lo que le hizo abandonar la pluma en medio de una frase: «Dentro de breves días estaremos juntos. Hasta entonces, amor mío...»—dejando ahí interrumpida la carta, que dobló y guardó en su pecho para continuarla más tarde en un alto del camino.

Salió al corral, cuya portalada daba al campo. Hacía una mañana fría, y sobre la tierra oscura dejaba un velo blanco la escarcha, pero el aire era de un azul cristalino. Junto al pesebre limpiaba los caballos Gabriel, risueño y silbando una canción vieja, como si la luz de la mañana llegara hasta el fondo de su alma. Al lado suyo había una joven aldeana.

—Buenos días—les dijo Lotario. Cuando la mujer volvió la cabeza reconoció en ella a María de la Luz, vestida de saya oscura y rebocillo bordado, con una flor en el pelo y en su semblante fino, ahora un poco triste, una sonrisa. La brillantez de la mañana parecía aclarar el color de su pelo, que él la noche anterior creyera negro, aligerar de sombra sus ojos grises y dotarla de un aire recatado favorable a su juventud.

—¡Qué guapa está!—le dijo Lotario. Y la admiración expresada en sus palabras fue tan sincera que ella se ruborizó sin responder.

Cuando Gabriel se acercó trayendo ensillados dos caballos, reparó Lotario que estaba vestido de uniforme como si también se dispusiera a la jornada.

—Déjeme acompañarle, señor—le suplicó aquél adivinándole la intención de partir solo. En otra ocasión Lotario le hubiera aceptado como compañero de viaje, pero ¿no sería un estorbo ahora?

—Esta vez no te necesito, Gabriel—le dijo.

La alegría que irradiaba la cara del chico se nubló, y a Lotario le dio tanta pena, que sin el otro insistir, transigió:

—Bueno. Puedes venir conmigo, pero sólo hasta Oria.

Ya dispuestos ellos a partir, María de la Luz tomó la flor que llevaba en el pelo y acercándose a Gabriel se la dio a escondidas, mientras volvía sus ojos a Lotario. Éste no vio aquel gesto, pero al ir a despedirse, sintió cierta emoción, y aproximando su caballo adonde ella estaba, inclinado a un lado del arzón, le tomó la mano aunque un pudor sentimental le impidiera acompañar su ademán con palabra alguna. Luego espoleó su cabalgadura, saliendo afuera seguido por Gabriel.

Cuando los caballos excitados por el aire de la mañana comenzaron a galopar sobre el campo castellano, desnudo y puro bajo el cielo que lo inundaba de luz, Lotario volvió la cabeza. Allá junto a la tapia del portalón María de la Luz estaba inmóvil, viéndoles alejarse.

—¡Hasta la vuelta!—gritó Lotario. Ella no le oyó, o si le oyó no hizo gesto alguno.

La alegría de sentirse libre por unos días de deberes y obligaciones, la certeza de una entrevista con Diana, dieron a los pensamientos de Lotario un nuevo cariz. Se sentía más ligero, tal si el velo sentimental que tantas veces oscureció para él la existencia hubiese caído ahora, dejándola brillar con sus frescos colores. ¿A qué poner la vida a una sola carta? Le parecía absurdo a él mismo, pero allá en el fondo de su pensamiento se insinuó la posibilidad de desligar su vida de Diana, pensamiento quizá nacido por despecho ante el silencio de ella. Pero esa posibilidad, soportable ahora, al considerarla voluntaria y remota, de precisarse más netamente le hubiera oprimido el corazón, y no era en realidad sino un ardid de su pasión, que preso como le tenía, se divertía haciéndole creer que él gobernaba su voluntad.

Confortado con esos pensamientos acortó riendas a su caballo para gozar más reposadamente de la mañana y del camino. El paisaje había cambiado, y en la llanura aparecían diseminadas masas de piedra gris, entre las cuales alzaban las encinas sus troncos coronados de verdor sombrío. El cielo era de un azul más intenso, y la luz melada, calando las entrañas de la tierra, la templaba haciéndola exhalar un vaho agreste casi primaveral. A las pisadas de su caballo respondían como un eco las del caballo de Gabriel, que cabalgaba silencioso tras de Lotario.

—Quizá se cambie el tiempo en lluvia, Gabriel —dijo llamando al chico para que caminara a su lado—. ¿No ves esas nubes allá en el horizonte?

—Ésas no son nubes de lluvia, y pasan de largo —respondió Gabriel.

—Muy seguro lo dices.

—He sido pastor, y bien conozco las nubes.

—¿Cómo dejaste de serlo?

—Pues ahí verá, señor. Un día pasaron unos soldados por el pueblo y dijeron que iban a la guerra. Mi padre se marchó con ellos, dejándome a mí al cuidado de las ovejas. Luego yo me escapé, y aquí estoy.

—¿No sabe tu madre de ti?

—No señor.

—¿No sabes escribir?

—Como saber escribir, señor, algo sé. El cura me enseñó a leer, dándome libros para que me entretuviese mientras andaba con las ovejas en el campo. Leyendo aprendí a copiar las letras.

—¿Y cómo no se te ha ocurrido escribir a tu casa?

—Algunas veces se me ocurrió, y cuando estuve herido en la pierna hace unos meses bastante que me acordé de mi madre. Pero si le escribo que estaba herido era peor que no darle noticias. Luego querrán que vuelva allá cuando acabe la guerra, y yo no quiero.

—¿Pues qué es lo que tú quieres?

—Yo mismo no lo sé, señor.

—¿De dónde eres, Gabriel?

—De Turégano, señor.

Lotario miró el rostro severo, de líneas puras, del pastor; un rostro pulido y afinado por el tiempo como mármol bajo el cincel, de ojos pensativos, en el cual la única imperfección era la nariz, que se levantaba irónicamente sobre los labios de bisel sutil. Cuando éstos sonreían, mostrando los dientes blancos e iguales, la expresión se trocaba de melancólica en maliciosa, pero raras veces se le veía sonreír. Vestido con las prendas de un uniforme demasiado grande que le disfrazaba, a Lotario le sorprendió cierto día, cuando le vio bañarse en un río, la gracia y perfección, el aire de señorío de aquel cuerpo. Era trompeta en un regimiento de húsares, y Lotario, que presenció en diversas ocasiones su arrojo, le cobró simpatía, y reclamando sus servicios hizo que le trasladaran al estado mayor del duque de Borja. Desde entonces Gabriel le acompañaba siempre en cualquier expedición aislada, y en las marchas y acciones siempre le hallaba a su alrededor.

—Dime, Gabriel. ¿En qué pensabas tú cuando huiste de tu casa?

—Quería luchar, señor, como hacen todos.

—Dime la verdad. La guerra ¿no fue sólo el pretexto para esa escapada?

Guardó el chico silencio unos momentos, recogiendo las riendas de su caballo, mientras subían entonces una loma y el camino se hacía estrecho y pedregoso, acabando por responder:

—Es posible que tenga razón, señor. Pero también es cierto que hasta ahora he cumplido con mi deber en la guerra.

—No te enojes, Gabriel. ¿Sabes por qué te preguntaba eso? Al oírte contar tu escapada he recordado otra que yo cometí cuando tenía poco más o menos la edad que tú tienes ahora. Fue en Campo Mayor, donde yo vivía con mis padres, hacia las afueras de la ciudad. Una tarde de verano, cuando todos dormían la siesta, salí al jardín cuyas tapias caían sobre la margen del río. Al recorrer las alamedas hallé que por descuido no habían echado la llave de una puerta falsa que daba al campo. La abrí y salí afuera, sintiendo al mismo tiempo que el goce de la libertad no sé qué opresión misteriosa. Apenas había dado unos pasos cuando para do-

minar mi emoción tuve que apoyarme en el tronco
de un árbol : era un álamo, un álamo blanco, aún
lo recuerdo. Entonces oí una voz, y al volver la
cabeza asustado, allá entre los juncos de la orilla
vi un hombre que nadaba. Hizo un gesto amistoso,
abriendo con un movimiento unos círculos lumino-
sos en la corriente. Luego salió del agua y tras de
vestirse unas ropas de corte y tejido extraño que
yacían sobre la hierba, vino donde yo estaba. Era
un mozo rubio, que me habló sonriente unas palabras desconocidas para mí, aunque pronto pudi-
mos cambiar otras en un idioma que no era el suyo
ni el mío. Tomó una sandía de piel verde y brillante
que junto a sus prendas tenía, y partiéndola con un
puñal de oro me ofreció una raja, cuya pulpa encarnada se derretía en frescas gotas sobre la hierba.
La acepté y nos sentamos juntos : nunca he comido
fruta que me supiera mejor. Hablamos poco, porque ni él ni yo sabíamos bien el idioma de que nos
servíamos. Creí entenderle que venía de un país nór-
dico y que iba camino de África. Viendo cuán difícil nos era conversar, sacó del bolsillo un libro
pequeño y comenzó a leer unas palabras llenas de
sonoridad misteriosa y poética, que aun sin comprender su sentido supe cómo eran versos. Cuando
más embelesado estaba escuchándole oí tras de las
tapias del jardín las voces de los criados que andaban en busca mía. Asustado hice un gesto a mi
amigo para que me aguardase, y corrí hacia la tapia
encajando la puerta tras de mí, de modo que no se

notase mi escapada. ¡Con qué impaciencia esperé luego que todos volvieran a sus tareas habituales, dejándome en libertad, y entonces reunirme con el desconocido! Los minutos me parecieron siglos, e hice esfuerzos increíbles para responder naturalmente y no de mala gana a mis ayos y criados que me preguntaban dónde estuve y qué hiciera. Al fin me dejaron libre, pero había transcurrido más de una hora, y cuando corrí a la puerta del jardín la hallé esta vez cerrada. ¡Cómo batí los cerrojos, y trepando por las tapias di voces a mi amigo, para que me oyese si aún estaba allí! Pero nadie respondía: sin duda se había ido cansado de esperar, o acaso no comprendió el gesto apresurado con que al marchar le pedí que me aguardara. Nunca volví a verle, ni tampoco tuve entonces otra ocasión de libertarme de parientes y maestros.

—Triste es esa aventura, señor—dijo Gabriel cuando Lotario terminó el relato de su escapada juvenil.

Era ya bien entrada la mañana, y las nubes oscurecían a veces el sol, barridas por un viento frío, que envolviendo a los dos jinetes agitaba a sus espaldas como si fueran alas las vueltas de sus capas. Traspuesta la loma por donde subieran, de nuevo aparecía la llanura, y a lo lejos varios chopos secos que la interrumpían, indicando el cauce invisible de algún arroyo. Avivaron las cabalgaduras, porque el día avanzaba y aún faltaba largo trecho para llegar a Oria.

—¿Sabes lo que pienso, Gabriel?—preguntó Lotario.

—Dígame, señor.

—Pues que tú y yo debíamos irnos por ahí a buscar aventuras.

—¿De aventuras habla, señor? ¿Y le parecen pocas aventuras éstas de la guerra?

—Hay aventuras y aventuras, Gabriel. Éstas no son las nuestras—. Sonrió Gabriel sin responder y Lotario continuó:—Mira, no sé cómo explicarme que tú me entiendas, y aun yo mismo no creo que me entiendo del todo. Nuestras aventuras están lejos, pero no importa si sabemos buscarlas. También el cielo está lejos, y bien vasto que es. Pues yo sin embargo lo siento a veces con su sombra y su luz aquí dentro de mí. Pero no; no es eso. ¡Qué trabajo tan difícil querer explicar las cosas a los demás, o querer explicárselas a uno mismo!

—Tiempo nos queda, señor, de buscar esas aventuras cuando acabe la guerra.

—Es verdad, Gabriel. Antes tenemos que arrastrar el carro de esta guerra en vez de derribarlo a su fango de un puntapié. Mañana los otros nos llamarán héroes, pero ellos serán jóvenes y nosotros viejos y no podremos gozar ya de nada.

Mas se calló. ¿A qué enturbiar su felicidad presente? La guerra no debía amargarle estos momentos en que todo su ser quería lanzarse hacia adelante, en un impulso de vida, para volar al encuentro del futuro. En esa benévola actitud hasta la guerra podía aparecerle no en sus penas y horrores de cada momento aislado, sino como lo que probablemente era: uno de esos grandes y fatales acontecimientos humanos que nadie ve sino en perspectiva, una vez pasados; como una ciudad o como un bosque cuando por ellos atravesamos sólo nos presentan un aspecto de aquel todo invisible de que forman parte, y al alejarnos es cuando les vemos en su unidad y razón entera. Su existencia misma, que ahora semejaba incoherente y absurda, tal sueño febril, ¿quién no le decía que un día, muerto él y vista por otros desde lejos, no presentara también ese dramático encadenamiento que mueve el alma contemplativa del espectador, rodeándole así a él, a Lotario, de un halo heroico de leyenda que él mismo no podía ni había de ver nunca?

De pronto la voz de Gabriel sonó a su lado con un aviso inquieto:

—Mire, señor. ¿No son soldados aquellos que allí se ven?

Tornó la cabeza Lotario en la dirección que Gabriel le indicaba, y divisó a cierta distancia del camino, que allí por donde ellos iban dominaba el llano, al borde de un riachuelo, entre las zarzas que crecían en sus márgenes, unas manchas azules que oscilaban como si estuviesen vivas. Algo brillante le deslumbró; ¿era acaso el reflejo de la luz sobre el agua?, y tuvo que cerrar los ojos, al mismo tiempo que oía un rumor seco y breve que hizo vibrar el aire tal si un pájaro lo hendiera, repitiéndose luego una vez y otra. Sintió Lotario un roce duro, como el toque imperioso de una mano que vuelve a la realidad aquel que estaba distraído. Entonces llevando su mano al pecho en gesto instintivo, al sentir al tacto la carta aún inconclusa para Diana, que allí guardara, pensó que debía terminarla. De pronto la tierra pareció ceder bajo sus pies, negándose por primera vez a sostenerle. Y cayó, cayó en una sima hondísima según él creía, mas en verdad sólo caía desde su montura al suelo, con sentimiento de angustiosa inconsciencia, como si la luz que llenaba el cielo entrara hecha raudal por sus ojos cegándole el alma. Aunque Gabriel se había arrojado desde el caballo y abrazándose a él le cubría con su propio cuerpo para protegerle así, su sacrificio era inútil. Llamó:

—Señor, despierte. Vuelva en sí—pero Lotario no podía ya oírle.

Y aquella mañana, a la misma hora en que Lotario moría, Diana, que acababa de levantarse, estaba reclinada en un sofá de su gabinete con Fidelio a sus pies. ¿Sería quizá conveniente decir cómo ella sintió un presentimiento, o acaso una punzada en su corazón? En este relato todo es real, o pudo serlo, y por tanto debe consignarse que Diana no sintió nada, absolutamente nada, y mirando unas veces sus uñas sonrosadas y otras el paisaje tras de los cristales del balcón dejaba pasar perezosamente el tiempo. A través de la escarcha derritiéndose sobre los vidrios en lágrimas lentas, veía el sol inver-

nal de Castilla, tan claro y tan puro como un raudal de oro líquido, dorar las cimas de los pinos
que fronteros al balcón estaban, perdiéndose entre
las copas redondas de verdor perenne.

Hay momentos en que el cuerpo y el alma sienten el bienestar y el gozo de estar vivo, y en uno
de esos momentos estaba Diana. ¡Qué absurdo proyecto el de Lotario pidiéndole que ella y su abuela
siguieran aquellos ilusos que ahora andaban fugi-
tivos camino del sur! De pronto oyó las ruedas de
un coche que se acercaba por la avenida. Dejó el
sofá, y desde el balcón vio una carroza oscura, en
cuya portezuela brillaban los colores de un blasón,
escoltada por una tropa de húsares con vistoso uniforme desconocido para ella, que desembocaba de
la alameda, dirigiéndose al arco de entrada. Fue
Diana a un rincón, tiró del cordón de la campa-
nilla, y mientras esperaba paseando de un lado a
otro, se detenía a veces a contemplarse ante un espejo. Sonó luego en la puerta un toque ligero, apareciendo en el gabinete una doncella.

—¿Quién ha venido?—preguntó Diana.

—El señor marqués de Mortefontaine.

—Dame mi vestido. Pero primero ayúdame a pei-
narme—. Y sentada ante el espejo alzó los brazos a su
rubia cabeza, con cuyo movimiento cayeron las man-
gas amplias de su ropón de encajes, dejándolos desnudos como dos ramas esbeltas y floridas. Mientras
las manos diestras de la doncella, ayudando a las
suyas, alisaban su cabellera, Diana pensaba: «¿A

qué vendrá el marqués, y qué soldados son esos que le acompañan?»

Cuando terminó su atavío, tras de contemplarse una última vez al espejo, recogió el vuelo de su falda, hizo una caricia a Fidelio que dormía sobre un cojín en el sofá, y salió con leve rumor de la habitación. Atravesó varios salones, y al llegar a una galería soleada, desnuda y blanca, en el hueco de un balcón, sentada ante un pequeño bufete, halló a doña Casilda Tisbea. A ambos lados de ella, en pie, un poco pálidos, se erguían don Octavio y don Beltrán, en un sillón frontero estaba el marqués. Las manos de la anciana reposaban junto a una carta interrumpida, la pluma aún entre los dedos, y de vez en vez, acercándose a un rizado ramillete de jacintos morados, aspiraba su perfume.

—Amiga mía, he venido a prevenirla porque creo mi deber hacerlo así—oyó Diana que decía el marqués, quedándose un momento parada en el dintel de la puerta—, pero si prefiere no marcharse, yo, con lo que mi nombre representa, estaré siempre dispuesto a protegerla y ayudarla, tanto por tratarse de una dama, como por ser parienta mía, a la que además tantos favores debo.

—Gracias, marqués—respondió doña Casilda Tisbea—, pero yo no me marcharé de aquí. No me dictan tal conducta orgullo ni obstinación. Estas paredes, esos árboles, son los únicos amigos de mi vida, y no quiero separarme de ellos. Diana y mis hermanos pueden hacer lo que quieran.

Al oír su nombre Diana se adelantó, y el marqués, viéndola avanzar por la galería fue a su encuentro para saludarla. A Diana le extrañó el uniforme con que se ataviaba: su casaca estaba cubierta de bordados con tal profusión que el color mismo del paño desaparecía. Una banda y varios cordones cruzaban su pecho, y hasta en el borde de sus botas altas, sobre la rodilla y en la corva, asomaban por opuestas escotaduras unas borlas que oscilaban ligeramente a su paso.

—He venido a prevenirlas, amiga mía—repitió a Diana—. Los franceses están otra vez en la capital. La situación se estabiliza, y el rey, pensando en organizar su corte con el boato pertinente, se ha dignado acordarse de mí y de lo que mi nombre representa. En una palabra: soy chambelán de su majestad.

—Enhorabuena, marqués—dijo Diana.

—Gracias—dijo él inclinándose, y continuó luego:—La Junta del Reino está en Cádiz, y con ella el núcleo de españoles que todavía sueñan en organizar la resistencia nacional, equivocadamente según creo. Si quieren seguir la suerte de ellos, aún es tiempo. Mi ayuda (con qué íntima complacencia pronunció esas palabras, desquitándose así de sus años serviles de huésped forzoso), aunque modesta, puede facilitarles la empresa.

—Pero, marqués—dijo Diana—, ¿por qué íbamos a marcharnos de aquí?

—Tú pareces no comprender la situación, Diana

—intervino entonces don Beltrán—. Tal vez sea mejor para ti. Por lo que a mí respecta, la cosa es diferente. Tú—dirigiéndose a la condesa—tienes tus razones para quedarte. Tú—volviéndose a Diana—, ya que no tus razones, tienes tus caprichos. Pero yo no puedo quedarme: he sido oficial de la armada real, y en país extranjero nuestro rey, invadida nuestra tierra, debo volver al puesto a que un día renuncié en tiempos de paz. Me marcho —irguió el cuello con altanería dentro del estrecho corbatín, a riesgo de estrangularse, y aún tuvo fuerzas para lanzar al marqués una mirada de reto.

—También yo—dijo don Octavio. E intentando copiar el ademán de su hermano enderezó los hombros y colocó la mano derecha sobre la vuelta de su chaleco. Pero don Beltrán enfrió su fuego al decirle:

—No, Octavio, tú debes quedarte. Tú no has sido nunca soldado. ¿Por qué habías de serlo ahora, a tus años? Quédate aquí para que nuestra hermana y sobrina tengan a su lado varón de la familia que las acompañe y autorice. Yo voy adentro a preparar mi marcha—. A duras penas podía don Octavio contener las lágrimas, y con esfuerzo desesperado miraba al balcón como si no le interesase aquella escena que tanto le afectaba.

—Puedo llevarle en mi coche hasta lugar seguro —sugirió condescendientemente el marqués.

—Gracias—respondió don Beltrán con cierta sequedad—. Prefiero ir yo solo al encuentro de los míos. Aunque viejo aún puedo manejar un caballo.

—Y tras estas palabras se marchó con dignidad caballeresca, que si no le rejuvenecía, al menos hacía parecer su entusiasmo menos ridículo.

—Entonces mi misión ha terminado—suspiró como pesaroso el marqués—. Señoras, debo volver a la corte. El rey espera a su augusto hermano... —se interrumpió al ver la sonrisa de Diana—. Verdaderamente, amiga mía—le dijo—, que aun ignorando la razón de su buen humor, tal en esta ocasión me sucede, siempre es grato ver risueña cara tan hermosa como la suya.

—Dispénseme, marqués—respondió aquélla—, pero no pude menos de recordar cuán poco tiempo hace que llamaba monstruo a ese augusto hermano.

—Amiga mía, es posible que le llamara así. Mas como francés que soy no debo olvidar que ese hombre está haciendo a mi país aún más glorioso que sus antiguos reyes.

—El patriotismo todo lo excusa, hasta las traiciones—intervino doña Casilda Tisbea—. Confieso que le había juzgado mal, Mortefontaine, y que me resulta mucho más listo de lo que yo creía.

—Acepto sus palabras como un cumplido, condesa. Ahora, adiós—. Se inclinó con reverencia exagerada, y colocando su morrión sobre la cadera, el penacho de plumas que lo adornaba rozándole un hombro, el brazo en ángulo violento, con el codo levantado y la mano en la cintura, cruzó la galería. Al llegar a la puerta se volvió, saludando una vez más.

—Ahí le tienes, partidario del usurpador tras de

haber sido legitimista, y liado con Lucinda mi camarera, en vísperas probables de casarse con ella, él que en su juventud volvió el seso a dos reinas: a María Antonieta y a María Luisa. Verdad es que a ésta cualquiera le volvía el seso.

—Pero Lucinda ¿no estaba en Chamartín pasando una temporada junto a su familia?—preguntó Diana con indiferencia.

—Precisamente. ¿No te extraña que ella, viviendo siempre a mi lado, necesitara ahora descansar con unos parientes hipotéticos, y en Chamartín además, cuando el marqués se marchó de aquí rondando la nueva corte? Aquellas partidas a *l'ombre,* que ella le hacía jugar todas las noches, dieron al fin su resultado. Después de todo, por lo que a Lucinda atañe, me alegro; no en balde estuvo a mi lado toda su vida, y ya veo que algo aprendió de mí. Pero una vez casada con el marqués no irá a suponer por eso que yo voy a recibirla de otro modo sino como a camarera. A veces me duele haber vivido tanto. Hay cambios en la vida que no son para vistos por gentes de otros tiempos, y este tiempo ya no es el mío—. Dio un suspiro, y agregó:—Octavio ¿quieres leerme en voz alta? Toma ese libro que ahí está. No, Voltaire, no; es demasiado mezquino. El otro.

Cogió don Octavio sobre el bufete el libro que le señalaba su hermana, lo abrió y comenzó a leer con voz triste y fatigada. Pero doña Casilda Tisbea le interrumpió:

—Basta, y gracias. Si es que vas a leerme con ese

tono llorón prefiero mirar los árboles, ya que no me complace la única ocupación que le queda a mi edad, que es rezar el rosario—. Arrebató el libro de manos de don Octavio, y entornando los ojos bajo el sol se abstrajo en sí, como gato que goza del calor.

Don Octavio, avergonzado y encogido, se quedó de pie en su rincón sintiéndose allí de más. Y lo peor es que no sólo allí se sentía de más, sino que tampoco creía ser particularmente necesario en otro lugar del mundo. Doña Casilda Tisbea, abriendo sus ojos de pronto, miró a Diana y le preguntó:

—Entonces ¿tú también decides quedarte? Recuerda que en tal caso no podrás ver a Lotario sabe Dios en cuánto tiempo.

—Él, que es persona de deberes, tiene bastante con ellos por el momento—respondió ella.

—Tienes razón. A muertos y a idos...—La condesa dejó inconclusa su frase y cerró otra vez los ojos. Al oírla acometió a Diana cierto vago remordimiento. Apoyó su frente contra el cristal, tibio con luz de sol, y contempló el parque invernal: la tierra y las ramas secas tenían idéntico matiz ascético, de un marrón violáceo, que apenas si se interrumpía con el verdor perenne de los pinos, más allá de cuyas copas, en la distancia, brillaba el agua del estanque, como espejo que sólo reflejara la luz, el azul radiante del cielo.

Se oyó de nuevo el trote de unos caballos, y el coche del marqués salió del palacio, ganando el camino por donde pronto desapareció. Diana sentía dentro de sí, inexplicablemente, el embeleso y la impaciencia de quien espera una dicha aún sin forma.

6

Otra vez la luz poniente enrojecía los árboles por la avenida, brillando sobre las cumbres plomizas de la sierra. Mas bajo las ramas no paseaban ya los amantes como hace un año, olvidados el uno en el otro y extáticos ante la apoteosis del otoño.

Había llovido, y desde las hojas caían sobre la tierra con un rumor sordo las gotas de agua. Los pájaros se recogían entre las ramas, y por el aire fresco el silencio se hacía más hondo, como cuando cesa una melodía. El tiempo había completado su ciclo de un año, y tras la hermosura de la flor vino el deleite del fruto, y después una calma luminosa, donde todo parecía flotar con un halo místico de transustanciación. Las formas vivas de unas criaturas cesaron de ser y otras nuevas aparecieron, viniendo a ocupar el lugar de aquéllas aún tibio de deseos y de lágrimas. Otra vez, siguiendo la avenida adelante, surgía entre las copas de los árboles la fachada del palacio: las altas chimeneas de pizarra, los arcos y columnas de piedra, las rejas de las ventanas. Mas al atravesar el porche, entrando en el patio, allí la vida había cambiado: a la luz de unos hachones, en cuyas llamas el viento otoñal se enredaba y revolvía, brillaban dorados de carrozas, arneses tachonados de metal, bordados en libreas de lacayos; al silencio y soledad antiguos habían sucedido el movimiento y la compañía, y ésta, agitándose aquí o allá, desde los pescantes, ante las portezuelas blasonadas, al lado de los caballos, llenaba el recinto con un rumor confuso, múltiple e impaciente. Aquella escena, destacándose sobre el fondo negro, centelleaba encendida en fugaces chispas rojas y áureas.

Por el vestíbulo, al pie de la escalera, ardían en ramillete las bujías, y sobre el tapiz cubriendo los peldaños algunos criados estaban erguidos e inmóviles. Sones de música que descendían desde arriba hallaban eco resonante por la caja de la escalera, y a su ritmo el Apolo ciego, allá en su nicho del rellano, parecía sonreír alzando la cabeza. Aquellas estancias solitarias hace un año las llenaban ahora el susurro de las voces, el rumor de las sedas, el tintineo de las espuelas. El saloncillo donde tenían los viejos su tertulia estaba vacío, y los visitantes avanzaban por las galerías desdoblándose sus figuras ante los espejos, hacia el gran salón abierto al fondo de par en par.

Desde allí llegaba la música en bocanadas, y sus sones, creciendo como una ola, rompían contra el dintel, húmedos y perlados bajo el centelleo de las arañas. La vastedad de aquel salón la ensordecían los tapices, de tintas esfumadas entre el rojo y el azul, recubriendo las paredes. El aire se estremecía con las alas de los abanicos, que temblaban aquí y allá, de concha, de pluma, de encaje. Rostros varoniles, sus patillas rozando los collarines, se inclinaban hacia rostros femeninos pintados y lánguidos. Hombros desnudos, pechos erguidos tal frutas en canastillo sobre las altas cinturas, rozaban las charreteras doradas de los uniformes, y el chapín sedoso giraba marcando un ritmo acompañado por la bota de charol. Pero en las casacas de los uniformes brillaba un águila imperial, y las voces sonaban con acento extraño bajo aquellos techos.

Entre los bailarines, hacia el centro del salón, como una flor más bella junto a las otras que llenan el parterre, sonreía Diana, toda blanca y rubia bajo el rielar de los diamantes. Un mocetón vestido de uniforme, flotante sobre el hombro la chaquetilla adornada por cordones de seda y forrada de martas, la enlazaba en sus brazos. Era rubio como ella, en la faz de anchos pómulos abierta la mirada inexpresiva de unos ojos azules.

—¿Has visto a Diana?—cuchicheó una voz femenina bajo el abanico.

—Viuda aún no hace un año, y ahí está ya coqueteando—respondió no tan discretamente otra voz femenina.

—¡Qué escándalo! Y coqueteando además con un enemigo, porque aunque nosotras les tratemos, y hasta aparentemos aceptarles, es sólo en apariencia. Jamás llegaríamos a coquetear con ellos, ¿no es verdad, Emerencia? Nuestro mérito tenemos, amiga mía, porque bien guapos son. Mira si no ese oficial que cruza ahora por delante de nosotras.

—Pocas figuras vi tan apuestas.

—¿Quién es él?

—No sé, pero puedo enterarme, porque le veo detenerse y conversar con alguien que conozco.

—No me refiero a ése, sino al sigisbeo de Diana.

—¡Ah! Es el príncipe... ¡Qué endiablados nombres extranjeros! No puedo acordarme de ellos.

—Sí, también a mí me ocurre lo mismo con esos nombres franceses.

—Éste no es francés, que es un coronel polaco.

—¿Polaco? ¡Pobre Lotario! Pero al menos, ¿es católico?

—Eso dicen. ¡Pobre Lotario!

—¡Pobre Lotario!—dijo entrometiéndose en la conversación una tercera voz, pero ésta masculina, que por cierto era la de un oidor de Valladolid a quien el partido afrancesado trasladara a la corte, otorgándole un sillón en el Consejo de Castilla en premio a su adhesión—. Permítanme, señoras mías, que yo también lamente la suerte de ese joven malogrado. Pudo haber seguido nuestro partido, que es también el de la lógica, aceptando como mal menor el hecho de la invasión (*dura lex, sed lex*). Pudo también haber seguido el camino de quienes a estas horas intentan allá en el sur, cierto que erróneamente, oponerse a nuestra victoria. Ni uno ni otro partido siguió, sino aquel que creyó era el de su deber, muriendo anónimamente. Fue un idealista, un visionario, acaso influido por las doctrinas nada sanas de los filósofos alemanes. No era éste su tiempo, y de haber nacido más adelante cuando terminada la guerra renazca la patria para el progreso y la ciencia, reintegrándose al fin con nuestro nuevo régimen al concierto civilizado de las potencias europeas, del cual desgraciadamente ha estado apartada durante siglos, entonces su vida hubiera sido útil para los demás y para él mismo más feliz.

—No lo creo yo así, don Guillén—dijo otro invitado, un vejete atildado, diplomático de profesión y literato de vocación, autor de una tragedia neoclásica, *Sofonisba,* que toda la corte aplaudiera años antes para olvidarla luego completamente—. Lotario nunca hallaría su propia época: era un alma sin tiempo, condenada a vivir entre desconocidos y a ser él mismo para los demás un desconocido. Nunca hubiera sido útil a los demás, y él mismo se reiría de la idea. Pero no por eso dejaba de tener valor su existencia. ¿No nos preocupamos demasiado de lo útil y lo práctico, olvidándonos de vivir? Quizá sea incomprensible hoy para nosotros la verdad de aquellas palabras divinas: «Reparad los lirios del campo, cómo crecen, que no trabajan ni hilan; mas os digo que ni Salomón en su gloria fue vestido así como uno de ellos».

Pero las damas habían dejado de prestar oído, siguiendo con ávida curiosidad los movimientos de alguien que acababa de entrar en el salón.

—¿No es ése el marqués de Mortefontaine?—preguntó una de ellas.

—¿Dónde?—dijo la otra—. No lo veo. ¡Ah, sí! ¡Qué pomposo viene! ¿Se habrá casado ya con la camarera?—ambas rieron tras el abanico.

El personaje que acababa de entrar era en efecto el marqués. Se paró, buscando con la vista unos momentos, y al hallar a quien deseaba se encaminó evitando el centro del salón, donde las parejas giraban entre compases y reverencias. Junto a la chimenea, como bruja que prepara sus ritos sabáticos, sentada en una poltrona, estaba doña Casilda Tisbea, y allí se dirigió el marqués. La había distinguido por el penacho de plumas rojas que llevaba prendido entre los bucles de la peluca, e iba vestida de terciopelo gris, sobre sus hombros desnudos los hilos profusos de un collar de perlas, aunque las galas y pinturas parecían en ella envoltura de una momia suntuosamente embalsamada. Tras de su sillón, como de costumbre, estaba don Octavio, y su frac era el único entre la masa de brillantes uniformes masculinos, singularidad que comprendía y le atormentaba, porque así le parecía distinguirse de los otros y ser blanco de todas las miradas y burlas. Una vez más se lamentaba de no haber acompañado a su hermano don Beltrán, y deseaba que lo tragase la tierra, ocultándose así tras el poder anónimo de la muerte, tan cara a veces para los tímidos.

—Señora—dijo el marqués con oficiosa impaciencia a doña Casilda Tisbea—, el rey llega en este momento. Acepte mi brazo para recibirle al pie de la escalera.

—Marqués, en nuestra tierra no hay actualmente rey alguno. Para mí ese a quien así llama no es sino un invitado más. Si ha venido a mi casa es por su gusto, y yo no me creo en el caso de tener para con él más atenciones que para con otro cualquiera de los invitados—. El marqués, rojo de cólera, se volvió precipitadamente hacia la puerta, y un murmullo de voces y un movimiento de curiosidad le siguieron agitando la atmósfera. Nadie sabía qué había pasado, pero todos sentían que algo grave ocurría. El dintel de la puerta quedó de pronto vacío, escuchándose por la galería unos pasos comedidos que avanzaban hacia el salón.

Siento no presentar ahora la figura de un rey, aunque éste sea tan efímero y falso como el que apareció en el salón de la condesa de Lodeña. Pero los invitados a su entrada, abriéndole paso, se agruparon a ambos lados, ocultando al personaje recién llegado y a su séquito. Puesto que la realeza es cosa demasiado pomposa y habría de avenirse mal con la sencillez de este relato, quizá sea mejor así. La música seguía oyéndose y algunas parejas bailando, porque la condesa no sólo se había negado a recibir ella misma al rey sino a concederle a su entrada un signo que distinguiese esa acogida de la de cualquiera otra de las personas recibidas en el palacio aquella noche de sarao.

Hubo un ligero revuelo al aparecer el rey. Sin duda muchos de los ya enterados del desacato esperaban con temor, no exento de cierta complacencia, ver acusada a la anciana como reo de lesa majestad. Pero entre los grupos de curiosos, junto a la cola del vestido de terciopelo gris que llevaba la condesa, pudo vislumbrarse una pierna varonil modelada por media de seda blanca; y uno de los hombros pintados de la anciana apareció tras de anchas espaldas masculinas ceñidas por casaca oscura y atravesadas por una banda, que se inclinaban como si saludasen. Luego el penacho de plumas rojas, que en el mar de cabezas era ya lo único visible de doña Casilda Tisbea, se alzó en señal de que el cuerpo cuya cúspide exornaba se erguía abandonando el asiento. Se le vio adelantarse, caminar hacia los bailarines, que parecían abrirle paso, y detenerse un momento para después oscilar lentamente con rítmica dignidad, animándose poco a poco hasta girar con relativa rapidez, astro de primera magnitud en el coro de danzantes satélites. Tras de unos giros acompasados se detuvo, flameante, tal la llama roja del espíritu que descendió en Pentecostés sobre las cabezas de los apóstoles infundiéndoles don de lenguas y ciencia humana, para volver en la misma dirección por donde antes viniera. Al afluir otra vez las parejas al centro del salón estaba la condesa ya otra vez sentada, y haciéndose aire con un abanico. Diana, que también cesara de bailar, se había acercado a su abuela, reclinándose en el brazo de la poltrona. Entretanto la expectación fue cediendo, y los invitados charlaban como antes, entraban y salían del salón.

—Octavio, no estés inmóvil ahí detrás de mí—dijo la condesa a su hermano—. Baila, pasea, charla, haz alguna cosa—. Don Octavio inclinó la cabeza sin responder y con su frac oscuro pasó entre los uniformes como junto al sol una nube solitaria. Al hundirse en el abismo de la puerta digamos adiós a su pobre sombra tímida, porque no hemos de verla más. Era humilde de corazón, de aquellos que según la promesa divina poseerán la tierra algún día.

—Abuela, has estado admirable—dijo Diana a la condesa, y añadió mirando en torno:—Pero ¿dónde está tu caballero?

—Antes de marcharse ha querido ver algunos lienzos de la galería, y Mortefontaine se encargó de mostrárselos.

—Dicen que el hermano del monstruo es aficionado a coleccionar pinturas a poco o ningún coste. ¿No temes por las nuestras?

—Ese hermano del monstruo es un pobre hombre. Se desvive por conquistarnos a fuerza de cortesía, ya que no puede hacerlo sólo a la fuerza. Parece que no siente el terreno muy seguro bajo sus pies. Después de todo, ¿qué más da un rey que otro? Éste parece de buena índole, mientras que el otro, el nuestro legítimo, al menos nos lo dan como legítimo, no vale la pena de que nadie pierda una gota de sangre por conservarle el trono.

—Abuela, pueden oírte—dijo Diana con susto irónico.

—No recordaba cómo vosotros tomáis más en serio esas cuestiones. En mi tiempo gobernar era oficio de gentes a quienes se les pagaba para que tal hiciesen y nos dejasen vivir en paz. Pero no se les estimaba por eso. Hoy además exigen que se les adore o se les odie. No seré yo quien tal haga: oro, poder, que se lo lleven todo si quieren, pero amor y odio son cosas demasiado preciosas y no deben malgastarse.

—No sabía que tuvieras tales ideas revolucionarias. ¡Si el marqués te oyese!

—¿Quieres más revolución que la suya, casándose con Lucinda? El rey mismo me lo ha dicho, no sin reírse bastante. Pero hablemos de ti. ¿Qué tal tu polaco? ¿Se ha declarado ya? Contesta y no te ruborices.

—Aún no, quizá porque yo no le he dado ocasión.

—No me gustan mucho esas gentes del norte: me recuerdan demasiado a sus paisanos los osos y las focas, y en el mejor caso no son sino una mezcla de ambos. (Dejo a la condesa la responsabilidad de sus opiniones, aunque me agradaría recordarle que el cinismo lleva a veces consigo cierta dosis de vulgaridad.) Pero en fin, allá tú. Espero que no te dejes raptar por tu oso rubio más lejos de París, y que allí establezcas tu cuartel de invierno. De no ser condesa de Lodeña, no está mal ser princesa de alguna cosa. ¡Pobre Lotario! Buen chico, probablemente uno de los últimos que conozca la humanidad, te quería, y sobre todo ¡era tan guapo! Mas la hermosura también muere, y es lo único de que nunca podré consolarme en este mundo.

—Ese recuerdo y ese elogio que de él haces, ¿envuelven algún reproche para mí?

—En modo alguno, aunque no puedo menos de traer a mi memoria las palabras de Otelo, ¿las recuerdas?: «falsa como el agua».

—Gracias por la cita, que por cierto había olvidado. Nunca creí que el hombre fuera menos falso que la mujer. Pero, ¿dónde está el príncipe?

Diana le buscó con la mirada, y al no verlo en el salón dejó a doña Casilda Tisbea para salir a la galería. Al fondo estaba entreabierta la puerta de un gabinete solitario, sumido en media luz, agradable después del esplendor de los otros salones, y allí se dirigió Diana. Fatigada del baile, sintió al entrar cierta languidez, y acercándose a una consola que en un rincón estaba, se apoyó en ella un momento, mientras alzaba los ojos a un espejo frontero.

Vaga como al fondo de un lago vio allí su imagen, y maquinalmente llevó las manos al pelo para prender mejor la camelia blanca con que se adornaba, ordenando los diamantes traslúcidos tal gotas de agua sobre sus bucles, en su pecho desnudo. Un momento quedó suspensa, admirando su propio reflejo. Entonces, entre los cortinajes de la puerta, vio en el espejo deslizarse al fondo de la habitación una sombra. A su espalda, quieta en el alinde, se dibujó una figura que ella conocía bien: la cabeza breve, cubierta de rizos negros que caían en bucle junto a la sien, era la misma; pero ahora tenía una palidez lunar, y los ojos la miraban sin deseo, quietos, silenciosos, con la melancolía de quien conoce ya la vanidad del mundo y la inconsistencia de las almas. Ella se quedó inmóvil, sin fuerzas para volverse y afrontarle, ni para esquivarle huyendo de la habitación. Cerró los ojos, y al sentir dentro de sí el latido de su corazón que la ahogaba, llevó las manos al pecho intentando alzar la voz, llamar a los otros. Pero su voz quedó inarticulada, y sólo un grito vago salió de su garganta como si el alma con él le escapara.

Cuando volvió en sí estaba tendida en un diván del gabinete y unos ojos azules y húmedos como dos violetas la contemplaban enamorados, abiertos sobre rubio rostro de anchos pómulos. Brazos fuertes la sostenían, y su cabeza estaba apoyada sobre un pecho varonil ceñido por blanca casaca de uniforme.

—Amor mío, ¿qué te ocurre?—oyó que le decían—. Fui a acompañar al rey y al volver nadie supo decirme dónde estabas. Alguno creía haberte visto atravesar la galería, y al fin te hallé, pero pálida y trémula como una hoja en el viento. Si no te cojo en mis brazos hubieras caído al suelo. No quise llamar a nadie para no causar alarma, y aquí he estado esperando lleno de zozobra a que volvieras de tu desmayo.

Ella entornó los ojos, sonriéndole sin responder.

Él, inclinándose, la besó, y luego acercó sus labios al oído de ella y dijo en un susurro:

—Ahora he comprendido, Diana, cuánto eres para mí. ¿Querrías ser mi mujer?

Pero ella sólo respondió con aire pensativo:

—¡Si supieses qué susto he pasado!

—¿Quién ha podido atreverse?—dijo él.

—Aunque quisieras no podrías desafiar a una sombra.

—¿Sólo una sombra causó tu desmayo?

—Este caserón tan lleno de recuerdos sobresalta mi corazón.

—Si accedes a ser mi mujer dejarás esta tierra, y otros recuerdos más gratos borrarán esos que te inquietan. Oh Diana, ¿por qué no me respondes?

Ella se incorporó y le dio un beso, abandonando el sofá. Él la siguió silencioso, su pecho lleno de dicha.

Cuando entraron en el salón el centelleo de las luces les deslumbró un momento. Como la música seguía sonando él enlazó con su brazo la cintura de ella, y juntos, se deslizaron sobre el suelo. La delicia del ritmo y del deseo cernía su doble ala mágica sobre ellos. Diana, mirando aquella cara fresca que se tendía hacia la suya tal un girasol hacia la luz, sintió cómo se disipaba el terror de unos momentos antes. Miró al príncipe sonriente, y él, en una vuelta del baile, la estrechó contra su pecho con movimiento apasionado.

—Nuestro amor nace cuando el año muere, indi-

cando así cómo ha de ser más fuerte que el tiempo
—dijo él.

Al oírle ella recordó otras palabras de Lotario:
«Nuestro amor, que nació con las hojas esta primavera, ¿ha de ser tan breve?» Mas como si su memoria fuese cera sobre la cual las palabras nuevas
sólo prenden cuando se desvanecen las que antes re-
cogiera, éstas, tras de surgir vívidas un momento,
brillando en lengüecillas de fuego sobre el fondo oscuro de la conciencia, pronto se borraron, y en su
lugar hubo una lisa blancura sin recuerdos.

¿Acaso no tenía Diana razón? El amor es siempre
el mismo aunque sean distintos los actores de su
comedia, y Lotario ya no existía, ni siquiera como
sombra en la conciencia de ella. No son los muertos,
sino los vivos quienes se van; los muertos se quedan
atrás en el camino de los vivos, paralizados, petrifi-
cados por el maleficio súbito de la muerte, y el tiempo poco a poco los aniquila. Los vivos siguen, gi-
rando dulcemente al compás de sus imaginaciones
y sus deseos, en un mundo brillante tal un juguete,
olvidados de aquellos que conocieron y les amaron
un día para quedarse luego tras ellos rezagados.
Como si la muerte fuera un accidente que no a todos
los hombres ocurre, los vivos no atienden a quienes
dejan tras de sí, mirando siempre hacia adelante fas-
cinados, creyendo inmortales la juventud y la hermosura, sin escuchar a sus pies el rumor de las aguas
negras ni a su espalda las voces de los amigos que
perecieron.

El sarao

—Plumas y perlas en el tocado son cosa sin duda anticuada—se decía doña Casilda Tisbea mientras las parejas giraban—. ¿Cómo he de componer mi adorno en otra noche de sarao?

ÍNDICE

El viento en la colina [1938]   7

El indolente [1929]   37

El sarao [1942]   89

Impreso en el mes de marzo de 1974
en los Talleres Gráficos A. Núñez,
París, 208, Barcelona